INVENTAIRE
Y² 46.801

AF542488

# LES COUSINES

DE

# L'INTROUVABLE

PAR

G. DE LA LANDELLE

PARIS
P. BRUNET, LIBRAIRE-ÉDITEUR
RUE BONAPARTE, 31

1864

# LES COUSINES

DE

# L'INTROUVABLE

## OUVRAGES DU MÊME AUTEUR

**L'Aviation** ou NAVIGATION AÉRIENNE (*sans ballons*), 1 volume in-18.......... 2 »
**Le Mouton enragé**, 1 vol. in-18.......... 2 »
**Les Quarts de nuit**, contes et causeries d'un vieux navigateur 1 vol. in-18.......... 2 »
**Le Tableau de la Mer.** — LA VIE NAVALE. (Chapitre XII, *Inventions et Progrès. L'aéronef*) 1 fort vol. in-18.......... 3 50
**Le Langage des Marins** Recherches historiques et critiques sur le Vocabulaire maritime. Expressions figurées en usage parmi les marins Recueil d'expressions techniques et pittoresques, suivi d'un Index méthodique. 1 fort vol. in 8. .. 5 »
**Poëmes et Chants marins** (édition complète, mélodies populaires intercalées dans le texte, notes historiques, etc. 1 fort vol in-18.......... 4 »
**Le Gaillard-d'avant**, chansons maritimes (édition populaire), paroles et musique, 1 fort vol in-18.......... 1 »
**L'Ame du Navire**, roman, 1 vol. in-18.......... 3 »
**La Meilleure Part**, roman, 1 vol. in-18.......... 2 »
**Une Haine à bord**, roman, 1 vol. in-18.......... 2 »
**La Gorgone**, roman 2 vol in-18.......... 4 »
**Les Passagères**, roman, 1 vol. in-18.......... 1 »
**Les Enfants de la Mer**, contes et nouvelles, 1 vol. in-18.. 1 50
**La Frégate l'Introuvable**.......... 1 »

### SOUS PRESSE :

**Le Tableau de la Mer.** — LES MARINS, 1 fort vol. in-18..
**La Semaine des bonnes gens**, contes et nouvelles, 1 vol. in-18..........
**Nouveaux Quarts de nuit**..........
**Les Coureurs d'aventures**..........

### EN PRÉPARATION :

**Paris pour les Marins**..........
**Les Quarts de jour**..........
**De la destinée des mots**, imité *Della Fortuna Delle Parole* par GIUSEPPE MANNO..........
**Traité de Phonétique**, étude comparée des sons du langage humain..........
**Voyages aériens**, promenades, courses, trajets de longue haleine, haltes et rencontres, grandes explorations, l'Afrique centrale, les deux pôles, premier voyage de nuit, chasse du lion, pêches aériennes..........
**Photographies à la plume.** — César Plagiat. Chrysostome Chantage, Procuste Eteignoir, les Moutons de Panurge, Polydore Talent, Auguste Cœur-d'Or, Narcisse Paincuit, la Mère éternelle. Mimi Caprice, Monseigneur Capital, etc..........
**La Légende des nombres**, en collaboration avec MM. Ch. DE FRANCIOSI et PHYLON BINOME..........

---

Imprimerie L. TOINON et Cie, à Saint-Germain.

# LES COUSINES

DE

# L'INTROUVABLE

PAR

G. DE LA LANDELLE

75

64.

PARIS
P. BRUNET, LIBRAIRE-ÉDITEUR
RUE BONAPARTE, 31

1864

A MON AMI

# TIMOTHÉE ORESTIANO

Dans les temps quasi-mythologiques où Lisbonne et Cintra, Cadix et Séville, Tanger, Gibraltar, Plougastel et autres lieux nous virent et nous entendirent circulant en troubadours aventureux, la marine hésitait entre les brises du ciel bleu et les rouges fourneaux de l'enfer. Elle s'enrôlait timidement dans la cavalerie légère des 160 à basse pression dont les roues à aubes meurtrissaient le sein d'Amphitrite, en le tapant comme les battoirs des lavandières du Sabbat.

L'*Introuvable*, sous ses voiles blanches, narguait

les charbonniers, sans se douter, l'infortunée, qu'elle serait un jour métamorphosée en charbonnière.

Les 160 ont grandi comme les petits poissons de l'apologue. La houille vogue sur l'onde amère. — Les 1,600, les 2,000, les *Great-Eastern* de 10,000, les *Léviathan* ont poussé comme champignons aquatiques, propulsés par l'hélice, et vomissant la suie par mille tuyaux vulcaniens.

Mais, que dis-je! La grosse cavalerie cuirassée, bardée de fer, portant casques en forme de tours, a pris le dessus. Et cette timide marine à vapeur que nous vîmes naître, agonise déjà pour faire place à des monstres fantastiques, yankees, stupéfiants, au bec armé de cornes perforantes.

Nicolet s'en donne! Ericsson le dépasse en se surpassant. Après le *Merrimac*, le *Monitor* et le *Naugatuck*, le *Kéokuk*, le *Passaïc*, les batteries Stevens et les *Béliers bardés de fer*, — sans parler de la *Gloire*, de la *Normandie* qui n'est point celle où les gars de Falaise jouissent d'une si juste célébrité, du *Magenta*, du *Solferino*, ni des cuirasses britanniques du *Warrior*, de l'*Atlanta*, etc..., ni des canons Armstrong, ni des boulets de 430 livres, ni d'une foule d'autres jolis petits progrès pacificateurs qui me ravissent de satisfaction.

Bravo, bravissimo! de mieux en mieux!... Ericsson à la rescousse! En avant tous les diables d'Amérique fédéraux et confédérés! Vive l'union, la concorde, la paix et la tranquillité dont on ne peut manquer de jouir après la destruction universelle.

En attendant, cher Timothée, je vous offre comme à mon seul collaborateur et cotrouvère les *Cousines de l'Introuvable* (esquisses maritimes), portraicturées d'après nature, crayonnées en dépit du fracas des vapeurs encuirassés, rajeunies par nos meilleurs souvenirs, et rafraîchies par la rosée de l'amitié avec laquelle je suis heureux d'être, comme aux âges fabuleux de nos explorations lyriques, votre

DON GRAVIEL DEL ARENALILLO.

# LES COUSINES

DE

# L'INTROUVABLE

---

## LES

## CANTINIÈRES MANQUÉES

A peu près à l'époque des mémorables combats littéraires des classiques et des romantiques, chacun de nos ports militaires était le champ de bataille d'adversaires non moins passionnés : — les uns s'intitulant *marins purs*, ennemis systématiques de l'organisation des équipages de ligne, les autres partisans exaltés de la formation nouvelle.

Les journaux maritimes inséraient chaque jour de

fulminantes polémiques dont retentissaient tous les cafés de Brest et de Toulon. On discutait avec acharnement ; trop souvent les discussions dégénéraient en assauts d'épithètes ironiques.

Les *marins purs* étaient traités d'encroûtés, de fanatiques, de mangeurs de corde et de goudron, de routiniers, de voltigeurs de l'ancien régime ; ils ripostaient par les termes non moins injurieux de troupiers, cabillots, boutons de guêtres, ministériels, culottes de peau, etc.

Un lieutenant de vaisseau fut provoqué en duel à cause de ses railleries sur les coiffures des *soldats marins* :

— Parlons, avait-il dit, de leurs casques en cuir bouilli qu'on prendrait pour des *cocos ;* admirons les casquettes à carreaux écossais dont on les affuble ! Ils ont l'air de figurants de *Robin des Bois*.

La double comparaison fit fortune ; on n'appela plus les casques que des *cocos*, et les casquettes valurent aux soldats marins le sobriquet de *Robins des Bois*; mais les suites du duel furent tragiques pour l'auteur de la plaisanterie, — ce qui n'empêcha pas vingt autres duels, non moins fâcheux, entre les classiques et les romantiques de nos ports ou, si l'on aime mieux, entre les *Mangeurs de corde* et les *Robins des Bois*, l'Eau et le Feu en fait d'institutions maritimes à cette époque reculée où la vapeur était encore au biberon.

Ces querelles antiques étaient apaisées, mais non oubliées, quand, me trouvant à Brest, je fus invité à dîner à bord du vaisseau le *Diadème*, par mon ami Timothée, à qui sont dédiées les présentes esquisses maritimes.

Vers la fin du second service, une salve d'applaudissements partie du milieu de la table, section des jeunes enseignes, provoqua tout à coup l'attention générale :

— Qu'y a-t-il donc?...

— Quel ban triomphal! s'écriait-on des deux extrémités à la fois.

— C'est ce farceur de Vergeroux qui propose d'embarquer une escouade de cantinières à bord des vaisseaux de l'État, et nous soumet son projet de règlement sur l'équipement, l'armement, l'uniforme, la solde et les fonctions de ces dames!

— Terrain glissant!

— Propos de dessert!

— Motion dangereuse!

— Extra-réglementaire!

— Quel serait le maximum d'âge?

— Je demande le minimum!...

— Monsieur Vergeroux croit plaisanter, dis-je alors; eh bien! j'ai connaissance d'un projet analogue très-sérieux, et qui reçut même un commencement d'exécution...

— Bah! pas possible!

— Mais où?

— Mais quand?

— Dans la marine française?

— Dans la marine française, à bord d'une frégate de soixante canons, où j'ai fait campagne, moi qui vous parle...

— Ah çà! ne nous débitez pas un roman.

— Ce que j'ai à dire est de l'histoire.

Mon ami Timothée hocha la tête en signe d'incrédulité.

— Maître d'hôtel! commanda l'officier chef de gamelle du *Diadème*, faites donc circuler le rancio et servir le dessert!

En un clin d'œil, les quinze domestiques de l'état-major eurent chargé la table de fruits et de sucreries, le rancio remplissait les verres; j'avais la parole, et, me bornant à rappeler à mes amphitryons le temps mémorable des *Cocos* et des *Robins des Bois* :

— Messieurs, leur dis-je, le commandant de la frégate l'*Introuvable* dont je vous parlais était l'un des plus chaleureux partisans de l'organisation militaire des équipages. Ancien capitaine dans les hauts-bords, brave officier qui avait fait deux ou trois campagnes par terre, et n'en était pas plus mauvais marin, il nous voyait revenir avec de véritables transports de joie au système de l'Empire, rêvé pour la première fois, comme vous le savez tous, par le grand Duquesne. Il avait un bataillon sous ses ordres directs, mettait son bonheur à le faire manœuvrer sac au dos, et s'occupait sans relâche de lui donner des allures militaires. Quand il reçut l'ordre d'armer avec son bataillon la frégate l'*Introuvable*, il se souvint qu'en campagne les marins des hauts-bords avaient des cantinières, et trouva qu'il serait excellent d'en donner de même aux matelots des équipages de ligne. En conséquence, il fit appeler son officier en second, chargé du détail général de la frégate :

— Commandant, objecta ce dernier, sans vous parler des ordonnances qui interdisent l'embarquement de femmes, je ne vois point à quoi serviraient des cantinières, puisqu'il n'y a pas de cantines à bord, que la vente des spiritueux est un délit sévèrement puni par notre Code pénal, et que les distributions régulières ne peuvent être faites que par les agents des vivres.

— Très-bien ! mon cher ; voilà précisément ce que je m'étais dit aussi ; mais la défense des ordonnances n'est ni formelle, ni absolue. On embarque journellement, comme passagères, les femmes et les filles des employés du gouvernement envoyés aux colonies, les sœurs hospitalières destinées à nos établissements d'outre-mer, les familles pauvres qu'on exporte ou qu'on rapatrie...

— Pour une traversée seulement.

— Le temps ne fait rien à l'affaire.

— Causes d'urgence, commandant, raisons de service.

— Ces mêmes raisons existent pour nous. Il est intolérable que nos matelots soient forcés de laver leur linge et de raccommoder leurs effets eux-mêmes, une perte de temps énorme en résulte... donnons-leur des ménagères.

— Je comprends, dit le lieutenant chargé du détail, nos cantinières seraient les blanchisseuses et couturières de l'équipage.

— Précisément. Choisissons donc quatre femmes de sous-officiers, et chacune d'elles sera régulièrement attachée à chacune de nos quatre compagnies. Elles recevront une haute paye prélevée sur la solde des hommes qu'elles débarrasseront de soins fastidieux, et nous, nous trouverons bien moyen de leur fournir un uniforme convenable.

— Sans doute, commandant, mais...

— Point de mais! je me charge de faire agréer mon innovation par le préfet maritime; vous, lieutenant, trouvez-moi quatre femmes légitimement mariées à des maîtres ou contre-maîtres, alertes, bien portantes, et d'une moralité irréprochable...

— Ce sera difficile, commandant!

— Je vous autorise à prendre des femmes de simples matelots, si c'est nécessaire. Pantalon bleu l'hiver, blanc l'été, jupon bariolé rouge et bleu, chemise à grand collet rabattu, paletot d'uniforme; en petite tenue, chapeau de paille à rubans noirs, en grande tenue le casque; en cas de débarquement le petit baril, qu'elles porteront en bandoulière tous les dimanches pendant l'inspection. On leur assignera pour logement un poste en toile à voile, à tribord derrière, surveillé par le factionnaire du fanal d'habitacle... D'ailleurs, elles ont leurs maris.

Le lieutenant assembla, le soir même, tous les sous-officiers mariés.

Le lendemain, vingt concurrentes sollicitaient la faveur de faire campagne; je passe les brigues et cabales, à la suite desquelles le lieutenant et en dernier ressort le commandant désignèrent les quatre futures vivandières ou plutôt lingères de la frégate.

Par malheur le préfet maritime refusa net son autorisation. Sur quoi le commandant déconfit avisa aux moyens de se procurer une musique militaire, qui ne cessa de répéter en nous écorchant les oreilles tout le long de la campagne, mais aurait, je crois, exécuté son premier morceau d'ensemble, si le retour en France, le désarmement et le licenciement du bataillon n'y avaient mis un triple obstacle...

Ici je fus interrompu par un murmure de désappointement.

— Permettez, messieurs, m'écriai-je aussitôt, le projet des cantinières ne fut point sans résultats. Malgré le *veto* du préfet maritime, deux d'entre elles ne se tinrent pas pour battues. On leur avait mis l'eau à la bouche, on les avait élues entre vingt ; elles s'étaient monté la tête ; le lendemain de l'appareillage, elles se trouvèrent cachées à fond de cale.

— Ah! ah!...

— Eh bien?...

— Étaient-elles gentilles?...

— Elles n'étaient pas mal. Madame Simonnot, la plus grande, femme du second chef de timonnerie, avait environ vingt-cinq ans, de petits yeux bleus éveillés, un air mutin, le teint un peu trop coloré, mais agréable, une grande bouche qui riait à tout propos et laissait voir une double rangée de dents blanches à ravir; sa taille était bien prise et son allure hardie sans excès ; il est vrai qu'elle était blonde. Madame Tiny, sa compagne, était brune, au contraire, piquante, rondelette, irrégulièrement jolie, grands yeux noirs, pieds petits, mains potelées, frétillante, pétulante, poudre et salpêtre.

— Aïe! aïe! fit mon ami Timothée.

— Ce n'était point une beauté que madame Tiny, femme d'un sous-officier d'infanterie de marine, sergent d'armes du bord; mais à terre on se détournait pour la voir passer, tant sa désinvoltue faisait de promesses, et, quand on l'avait vue, on se détournait volontiers une seconde fois. Je vous laisse à deviner, messieurs, l'effet qu'elle devait produire, en pleine mer, sur une frégate de soixante canons.

Certaines de la bienveillance du commandant, Toinette Simonnot et Madelon Tiny apparurent sans crainte lorsque la terre était hors de vue. Elles furent conduites au lieutenant, et prétendirent que leurs maris n'avaient aucune connaissance de leur stratagème ; on consentit à les croire sur parole, et le fait n'a jamais été complétement éclairci.

Simonnot, le second chef, laissa bien percer un certain étonnement, mais il était fort lié avec le contre-maître de la cale, et l'on supposa qu'il n'avait pas été innocent du complot féminin.

Le sergent Tiny ne prit pas la chose si bonnement ; il parut vivement contrarié de l'équipée de sa femme, et lui en adressa de violents reproches :

— Cantinière, oui ! passagère par contrebande, non !... Appointée, embarquée, attachée au service du bord, à merveille ; mais sans traitement, exposée à être renvoyée en France, par on ne sait quel navire... Ah ! tonnerre de tonnerre ! si...

Si l'on n'eût été à bord, le sergent Tiny eût peut-être fort durement mal mené sa trop séduisante Madelon.

Pour commencer, le lieutenant avait déclaré aux

deux passagères qu'attendu la décision du préfet maritime, elles ne devaient plus compter sur des fonctions quelconques. On les avait prévenues du refus de l'autorité ; elles étaient coupables d'avoir passé outre et méritaient une prompte expulsion.

Les deux aventurières réclamèrent inutilement auprès du commandant ; il consentit toutefois à ne pas les renvoyer par un des nombreux bateaux de pilotage que la frégate rencontrait encore. Si toutes les quatre s'étaient trouvées à bord, je crois bien qu'elles auraient gagné leur cause et fait le plus grand tort à nos apprentis musiciens.

Madame Simonnot fut contrariée ; madame Tiny prit son parti gaiement.

On les logea ensemble dans une étroite cabine de la sainte-barbe, dépendance de l'appartement du commandant, leur protecteur avéré. Puis, pendant près de huit jours, tout alla le mieux du monde ; ces dames avaient le mal de mer ; elles s'entr'aidaient charitablement. Mais, une ou deux semaines plus tard, quand elles furent amarinées, quand elles eurent commencé à trotter menu de l'arrière à l'avant, de la sainte-barbe au petit gaillard, quand chacune se fut créé à bord de nombreuses relations, un matin, tout à coup, l'on entendit pousser les hauts cris dans leur cellule.

La cause de la querelle qui éclatait si bruyamment dans la sainte-barbe entre Madelon Tiny et Toinette

Simonnot tenait, non-seulement à leurs récentes relations avec une foule d'audacieux et galants marins, mais encore à une intrigue plus ancienne, qui datait de l'armement de la frégate.

Toinette avait reconnu que son propre mari la trompait en se servant d'elle pour favoriser l'embarquement de Madelon.

Toinette s'en était vengée d'abord en faisant les yeux doux au sévère sergent Tiny; mais, froid comme Hippolyte, le sergent n'avait point pris garde à tant d'avances. — Alors elle se rejeta sur les adorateurs secondaires de sa rivale; en toute occasion, elle lui disputa la palme et la pomme. — Vingt griefs accumulés ainsi couvaient sous la cendre; une étincelle alluma l'incendie.

Junon et Vénus étaient aux prises, Grecs et Troyens accouraient de toutes parts.

La porte de la cabine est barricadée en dedans; mais, à travers la claire-voie, on ne perd pas un mot des reproches échangés.

— Ton mari est un monstre !...

— Le tien un ingrat !...

— Toi, une fausse amie !...

— Toi, une coquette sans vergogne !...

— Tu es cause que M. Adrien a dit...

— Tu as raconté à maître Colin que...

— Ce n'est pas vrai !

— Tu en as menti !...

Des trépignements, des soufflets, des clameurs aigres et perçantes, des bruits de robes et de coiffes déchirées, se mêlaient aux éclats de rire des simples spectateurs.

On défonça la porte.

Les cheveux noirs de Madelon Tiny étaient aux mains de Toinette Simonnot, dont les cheveux blonds étaient accrochés avec non moins de furie par la pétulante Madelon. Cramponnées l'une à l'autre, égratignées, les vêtements en lambeaux, elles continuaient le combat en dépit des efforts de la garde.

Il paraît que la porte avait été fermée d'un commun accord, et que la rixe était un duel en règle.

Les maris, arrivés les derniers, y mirent fin.

Chacun d'eux saisit vigoureusement sa femme et l'entraîna dans un coin ; mais deux nouveaux combats suivirent ces actes d'autorité conjugale.

— Au lieu de m'aider ! criait Madelon.

— Au lieu d'assommer cette mauvaise langue ! disait Toinette.

— Nous séparer !... Eh bien, voilà pour toi !

Maîtres Tiny et Simonnot n'en furent pas quittes à bon marché ; il y eut ce jour-là des horions et des yeux pochés, des grincements de dents et des taloches à faire frémir vingt ménages de terre ferme.

La garde, dirigée par le capitaine d'armes, parvint

enfin à garrotter les mains aux deux vivandières manquées.

Le lieutenant, protecteur officiel de la morale et de la décence, les fit en outre ficeler dans deux couvertures de laine grise, liées à la taille par des ceintures de corde, dont deux mousses, pages improvisés, soutinrent les bouts traînants pendant que les héroïnes montaient l'échelle qui mène au pont.

Une risée homérique les accueillit dès qu'elles y parurent échevelées, furieuses, insultant le lieutenant qui les affublait des plus affreux sarreaux qu'on pût inventer.

Le commandant, appelé à faire justice, commença par ordonner de leur mettre un bâillon à chacune et de les asseoir à tribord et bâbord du mât d'artimon.

Cette mesure rétablit le silence ; mais les deux ennemies étouffaient de rage.

Le frater reçut ordre de leur laver la figure à l'eau froide, de démêler leurs cheveux et de les mettre en papillottes ; il rencontra une résistance inattendue ; le mouvement du cou étant libre, les prisonnières se démenaient encore.

Le lieutenant chargé de l'exécution de la sentence les menaça de les faire saigner à blanc si elles résistaient davantage. Les chirurgiens furent mandés. A leur aspect, Tonette et Madelon demeurèrent enfin immobiles.

Cependant le sergent Tiny tempêtait contre le commandant, qui le premier avait eu la malencontreuse idée d'enrôler des cantinières, et surtout contre Simonnot, qu'il accusait fort judicieusement d'avoir imaginé l'embarquement furtif des deux femelles.

— Libre à vous de cacher votre Toinette, je m'en serais parfaitement moqué! mais vous n'avez pas voulu qu'elle fût seule à bord, et vous êtes cause que mon enragée Madelon...

— Sergent, je ne suis cause de rien!...

— J'ai des soupçons que j'éclaircirai, maître Simonnot!

— Je m'en moque comme de vous, sergent Tiny, et je vous engage à me laisser tranquille!...

Peu s'en fallut qu'après les femmes, les maris n'en vinssent aux prises.

A partir de ce jour, une sourde inimitié ne cessa de régner entre eux. Si leur première dispute ne s'envenima point, c'est qu'ils furent mandés dans la sainte-barbe par le capitaine d'armes pour retirer de la chambre commune à leurs femmes les effets de chacune d'elles.

Une fois calmées et peignées, Toinette et Madelon furent délivrées; on leur permit d'aller refaire leur toilette. Deux logements distincts leur étaient assignés, avec défense à Toinette Simonnot de jamais passer à tribord, et à Madelon Tiny de jamais s'aventurer à bâbord, sous peine d'être de nouveau attachées au pied d'un mât, avec bâillon et sarreau gris.

Mais consignes, défenses, menaces, rien ne les empêcha d'en venir aux mains une seconde fois — peu de jours après — en plein pont.

Mieux avisé que le lieutenant, le maître d'équipage leur fit jeter quatre seaux d'eau de mer, ce qui les sépara incontinent ; et depuis, elles feignirent de vivre en paix.

— Quatre vivandières à bord ! s'écriait le commandant, dégoûté de son projet pour la vie ; j'aimerais mieux cinq cents diables !... Il serait plus facile de mener un équipage entier de ces enragés mauvais sujets que nous nommons des *pratiques !*

Le jour du passage de l'équateur, les deux ennemies firent trêve, pour jouer, l'une le rôle de madame, l'autre celui de mademoiselle la Ligne.

Elles dansèrent le soir jusqu'à l'extravagance.

— Simonnot me payera ces galops d'enfer et ces valses du grand tremblement ! murmurait le sergent Tiny dans sa moustache.

— Toinette abuse de la permission, se disait Simonnot ; je lui ferai passer un méchant quart d'heure !

Dès qu'on fut au mouillage de Rio-de-Janeiro, Simonnot et Tiny reçurent en même temps l'ordre, le premier de conduire sa femme à la ville, le second d'accompagner la sienne à Saint-Domingue, joli village situé de l'autre côté de la rade, et où la division française avait loué une maison de campagne pour ses malades. Madelon Tiny devait y servir comme infirmière. — Toinette Simonnot était recommandée au consulat de France, où l'on comptait lui trouver un emploi de femme de chambre.

Les deux maris s'étaient donné rendez-vous.

Profondément convaincu des torts de Simonnot, Tiny avait juré d'en tirer une vengeance éclatante. Simonnot, qui voulait bien se permettre les plus grandes légèretés, mais ne prétendait pas autoriser la même licence chez Toinette, conduisit sa blonde moitié à l'auberge, l'y traita selon ses menaces du jour du passage de la Ligne, lui laissa l'adresse du consul, et alla rejoindre à Saint-Domingue le sergent Tiny, qui l'attendait sabre au côté.

Ce sabre, malheureusement, passa bientôt à travers le corps de l'infortuné Simonnot, que l'équipage enterra le lendemain.

Tiny n'osa revenir à bord de la frégate, déserta et entra plus tard au service de l'empereur du Brésil.

Sa femme, réfugiée à l'hôpital, eut tellement peur de lui, qu'elle disparut et retourna en Europe. J'ai ouï dire qu'elle est aujourd'hui cabaretière à Liverpool.

Quant à la veuve Simonnot — le seul de mes quatre

personnages que j'aie personnellement connu—après avoir exercé les fonctions d'infirmière, abandonnées dès le premier jour par Madelon Tiny, elle épousa en secondes noces, vers la fin de notre station au Brésil, un autre marin de l'*Introuvable* et revint avec nous en France, n'ayant fait en résumé que changer de nom et de mari.

Elle se plaignait pourtant du soleil des tropiques, qui lui avait donné des taches de rousseur. — Voilà l'historiette!...

— Mon cher ami, me dit Timothée, vous croyez avoir fini; eh bien! nous avons à bord du *Diadème* votre sergent Tiny en personne.

— Bah! mais il était déserteur avec circonstances aggravantes.

— Entré dans la garde de don Pedro, ainsi que vous venez de nous le dire, reprit Timothée, il resta fidèle à la fortune de l'empereur du Brésil, le suivit à Oporto, se distingua devant Terceire et peu de temps après à Lisbonne, si bien qu'il est décoré de je ne sais quel ordre portugais. Depuis, profitant d'une amnistie, il est rentré en France. Grâce aux recommandations de notre ambassadeur en Portugal, il a été réintégré dans son grade, et presque aussitôt nommé adjudant; — c'est un excellent capitaine d'armes.

— Il doit pourtant être un peu vieux.

— Mais il n'a guère que trente-huit ans, d'où je conclus qu'il en avait vingt-quatre sur votre *Introuvable*.

— Je vous ai déjà dit que de mes quatre personnages je n'ai personnellement connu que la veuve Simonnot, car je ne fus embarqué sur la frégate que six mois après les tragiques aventures de mes cantinières manquées.

— Eh bien ! mon cher, je vous ferai faire connaissance avec l'un de vos héros, et l'autre de vos héroïnes.

— Madelon Tiny?

— Madelon Tiny en chair et en os.

— Plaisantez-vous ? Me fabriquez-vous un roman à votre tour? Prétendez-vous me mystifier? Je vous jure, pour ma part, que je n'ai rien inventé.

— Je ne plaisante pas et n'invente pas davantage, reprit Timothée; sachez donc que Madelon, repentante, est rentrée sous le toit conjugal; elle habite Brest, et vient tous les jours à bord du *Diadème*, où elle est, en ce moment même, sinon en qualité de cantinière, du moins comme marchande en titre.

— Allons! tout est bien qui finit bien, dis-je en acceptant un cigare.

Au dessert avait succédé le café.

Nous sortîmes de la grande chambre, et mon ami Timothée m'emmena vers la portion de la batterie où étaient installées les boutiques volantes des deux marchandes du *Diadème* :

— La plus petite, me dit Timothée, est justement madame Tiny, et cet adjudant qui lui parle est son légitime époux, notre capitaine d'armes; je regrette que la plus grande ne soit pas votre veuve Simonnot; mais... mais...

— Toinette, veuve Simonnot, est fixée à Rochefort, ajoutai-je.

A l'heure qu'il est, j'ignore encore si mon ami Timothée disait vrai. Peut-être ne crut-il pas un mot de ma véridique histoire, et voulut-il prendre sa revanche. Elle fut complète, en tous cas, car je le crus fermement.

Avant de monter sur le pont, nous allumâmes nos cigares à la mèche qui brûle, nuit et jour, aux environs du *Palais-Royal* — c'est ainsi qu'on appelle parfois les boutiques des marchandes du bord, femmes maritimes par excellence, qui, bien différentes des passagères, ont mille bonnes raisons pour ne jamais enfreindre les règlements de police intérieure.

# LES PASSAGERS

## I

### MARINE MARCHANDE.

Le passager, homme colis, est pour les marins une marchandise de valeur essentiellement variable, tenant le milieu entre un ballot de soieries et un boucaut de sucre, et qui mérite, en général, l'étiquette : FRAGILE.

C'est un lest volant, difficile à bien arrimer, beaucoup plus incommode qu'une cargaison de nègres, un peu moins peut-être qu'un chargement de mulets : car, s'il a le droit de promener ses ennuis sur le pont, comme il le veut et quand il le veut, s'il gêne et encombre à toute heure, on n'est pas obligé, par contre, de visiter ses sangles, de lui porter la botte, de le panser, ni de l'étriller. Qu'il ait le mal de mer, qu'il dépérisse par suite de fatigues du voyage, qu'il fasse une chute dangereuse, ses souffrances n'ont rien de commun avec les intérêts de l'expédition : il se traite lui-même tant bien que mal, et ses avaries sont toutes à sa charge.

Le passager qui se rend de Marseille à Oran, ou d'Alger à Toulon, à bord d'un vapeur, n'est qu'une pâle variété du genre, digne tout au plus d'une petite inclination de tête : — « Bonjour, mon ami, à bientôt ! »

A peine a-t-il eu le temps de prendre un avant-goût des douceurs de la mer, qu'il met pied à terre sur la rive opposée ; autant vaudrait choisir pour modèles le touriste qui traverse le Léman, ou le Parisien endimanché qui s'embarque audacieusement au pont Royal pour débarquer à Saint-Cloud.

Le passager, le vrai passager, celui qu'il faut saluer du chapeau, de la main et enfin du mouchoir, en lui criant : « Bon voyage !... adieu !... » est un tout autre personnage. Il sillonne l'Atlantique au moins, et ne s'arrête qu'à New-York ou aux Antilles. Souvent on le rencontre dans l'océan Pacifique et les mers de l'Inde ; il fait voile pour San-Francisco, Callao, Valparaiso, Madagascar, Pondichéry, Hobart-Town ; il est complet alors : il a trois ou quatre mois de navigation en perspective ; il jouira, sans contredit, du calme et de la tempête, du vent-arrière et du vent de bout ; il aura tout le temps de porter un jugement sur ses compagnons et sur les marins : le portrait qu'il en fera ne sera point flatté.

Mais d'abord, ainsi qu'il y a deux parties dans le navire, l'arrière et l'avant, l'une pour les hauts et puissants seigneurs, le capitaine et les officiers, l'autre pour le menu peuple des gens de l'équipage, de même, il y a deux espèces de passagers, ceux de la *chambre*, qui profitent en apparence de tous les priviléges aristocratiques, et ceux du *pont*, traités en parias, même par les simples matelots.

A la première catégorie appartiennent certains curieux qui brûlent de voir le Nouveau Monde, les forêts vierges, les sauvages, les jeunes civilisations, etc., etc. Bonnes âmes ! ils partent dans l'espoir de découvrir des merveilles, qui se réduisent à des crampes d'estomac et des bâillements incommensurables. A leur arrivée, rien ne répond à leur attente : ils reviennent au plus vite, et se dédommagent de leurs déceptions par les plus étonnantes relations de voyage. Cette classe de passagers disparaît malheureusement de jour en jour ; les bords lointains sont démonétisés et rebattus ; mais, longtemps encore on peut compter sur les neveux d'oncles d'Amérique, qui volent à la conquête d'un problématique héritage ou d'un *placer* californien, et sont heureux de regagner tristement la vieille Europe, après avoir dissipé leur petit avoir en courses pénibles à travers les mornes ou les plantations de caféiers. Toutefois, le plus grand nombre des passagers de l'arrière se compose de familles créoles, d'employés du gouvernement, et de voyageurs pour affaires. Ces derniers, surtout, abondent sur les bâtiments de commerce : ils font entrer dans leur marché la clause d'emporter avec eux une mesquine pacotille, base de leur fortune à venir; ils s'intitulent négociants, et ne parlent que de leurs vastes spéculations. Leur conscience est si large qu'on en voit toujours réussir quelques-uns ; les autres meurent de misère ou, par euphémisme, de la fièvre jaune, à moins qu'ils ne se fassent enterrer tout vifs dans les geôles d'outre-mer. Aux colonies, on désigne ces chevaliers d'industrie sous les noms peu flatteurs de *petits blancs* ou de *banians*.

Les passagers du pont, confondus pêle-mêle avec l'équipage, sont tous des malheureux qui abandonnent l'Europe, sur la foi des *on-dit* populaires. Les uns, ouvriers inhabiles, espèrent tirer plus facilement parti de leurs bras en pays étrangers; d'autres, cultivateurs venus des bords du Rhin, s'expatrient avec leurs familles, pour aller défricher des terres souvent chimériques; d'autres, enfin, aventuriers du plus bas étage, se bercent de folles espérances, et rêvent de millions dans la toile grossière de leurs hamacs.

Si ce n'est sur les grands paquebots transatlantiques, véritables paradis du voyageur maritime, le passager n'est qu'un accessoire, un casuel. On l'exploite; il reçoit une nourriture aussi maigrement départie que grassement rétribuée ; et, s'il s'en plaint, il doit s'attendre aux faux-fuyants traditionnels :

— Que voulez-vous, mon cher ami, lui répond bonnement le capitaine, j'en suis tout aussi contrarié qu'un autre; mais nos volailles sont mortes les premiers jours, pendant que vous étiez *à la cape, comptant vos chemises*, comme on dit ; les pauvres bêtes ont eu le mal de mer; qu'y faire? Prenez-en votre parti gaiement; nous avons du lard et du bœuf salé à discrétion ; les vivres frais ne nous paraîtront que meilleurs en arrivant. A la guerre comme à la guerre ! voilà mon refrain.

— Il est gracieux, votre refrain ! Encore si l'on pouvait dormir à votre bord : j'ai une gouttière qui coule dans ma couchette toutes les fois qu'il pleut ou qu'on lave le pont; faites-moi donc arranger cela, je vous prie.

— Dans les pays chauds, les coutures bâillent toujours un peu : mettez votre manteau ciré sur vous pendant la nuit; d'ailleurs, je vais essayer de vous éviter ce petit désagrément.

Le capitaine, en effet, donne l'ordre à son charpentier-calfat de faire en sorte que le réclamant ne soit plus arrosé pendant son sommeil.

L'unique résultat de l'opération est un déluge pour la nuit suivante. Le lendemain, même plainte :

— J'ai fait de mon mieux et n'ai pas réussi, reprend l'impassible marin ; patientez, mon cher, en arrivant là-bas, je ferai calfater tout mon pont.

— C'est consolant ! Quand je serai débarqué, je me soucie bien que vos coutures crachent ou ne crachent pas.

Le passager, mal couché, mal nourri, sans occupations, sans distractions, porte son désœuvrement comme un ver rongeur, de sa cabane sur le pont, et du pont dans la grand'chambre ; il maudit le navire, le capitaine qui lui avait promis du confort, les officiers qui le raillent sur ses infortunes, en le félicitant de n'avoir pas de quart à faire, et d'être à bord comme un coq en pâte. Il jure contre le calme, qui recule le terme du voyage ; il déteste le vent variable, qui force à manœuvrer, et oblige à se défier de toutes les cordes comme d'autant de piéges ; il exècre la fraîche brise, qui rend la promenade impossible.

Le passager n'acquiert le pied marin qu'après dix accidents qui lui valent autant de nouvelles plaisanteries. — A table, il oublie sans cesse qu'il est à bord, il ne tient pas son assiette à la main, elle glisse et lui échappe ; il ne sait pas garder l'équilibre sur sa chaise, il tombe et roule avec elle; s'il se lève par un mouvement brusque, il se heurte violemment le crâne contre les *baux*. — Pendant les premières semaines, il n'est que plaies, bosses et contusions. Il ne trouve aucune compassion chez qui que ce soit, et ses confrères d'infortune sont les plus impitoyables du moment où ils commencent à s'amariner. Alors naissent les dissensions intestines.

L'autorité du capitaine intervient : nouvelle contrariété! on n'a pas même la liberté de se quereller à son aise.

Arrive le jour du passage de là Ligne ou du Tropique: l'infortuné voyageur doit se résigner à être rançonné, et bafoué plus que jamais; il est livré comme un jouet aux grossiers loustics du gaillard d'avant; tous, jusqu'au dernier mousse, veulent lui servir quelque plat du métier : il est blanchi, noirci, poudré, graissé, goudronné, aspergé à l'envi.

Et puis le moyen de dissimuler un ridicule à une troupe d'oisifs qui n'ont rien de mieux à faire que de s'observer les uns les autres. Il y a toujours quelques bonnes langues qui devinent ou inventent vos antécédents, le tout assaisonné d'anecdotes et de quolibets.

Parmi les coureurs d'aventures qui forment une si grande partie de la caravane, il s'en trouve nécessairement plusieurs qui ont déjà traversé la mer nombre de fois, et prennent le ton tranchant de commis voyageurs et d'habitués. Ces gouailleurs errants possèdent une admirable aptitude à faire ressortir vos petites manies, et s'empressent de les divulguer à tous les hôtes du bord. Les mauvais plaisants ont beau jeu ; malheur à vous, si vous n'avez la repartie vive et mordante, vous deviendrez plastron jusqu'à la fin du voyage. Redoutez surtout la verve malicieuse des passagères.

M. Bernard, employé des postes, vieux garçon, plus qu'économe, chauve comme une cornue et pétri de prétentions, part pour la Réunion, à bord d'un trois-mâts de Nantes. Par tempérament, il est martyr. Les facétieux l'ont élu victime. M^lle^ Malvina ne peut le regarder sans rire. A la tête de la conspiration se trouve Grandini-Paleastro, aventurier, et banian, s'il en fût, qui, depuis quinze ans, fait la navigation de l'Inde et des mers du Sud avec des pacotilles de peignes d'écaille, de rubans et de chrysocale.

— Bernard mon ami, lui dit un soir l'industriel en l'accostant, savez-vous que vous êtes un terrible homme ? Vrai Dieu ! on ne peut vous résister ; mademoiselle Malvina ne rêve que de vous, c'est un fait. Si je n'étais bon enfant, je vous chercherais noise, mais bah ! en y réfléchissant j'ai reconnu que la faute en est à vos agréments personnels ; j'étais votre rival, je baisse pavillon.

— Vous plaisantez, Grandini, répond le ci-devant jeune homme.

— Elle vous aime, Bernard ! vous avez fait sur son cœur une impression foudroyante ; — mais... il y a un *mais*, Bernard... faut-il dire ce *mais?*

— Dites! je ne crains rien.

— Elle trouve, mon ami, que vous n'apportez pas assez de soin à votre chevelure.

— Ah !... vous vous moquez de moi !

— Là ! je le savais bien! vous prenez à mal les meilleures intentions d'un ami, et cependant je viens vers vous avec une recette infaillible ; quinze jours ou un mois au plus je vous promets une crinière de lion.

— Vrai ! mon cher Paleastro ? Je conviens que je n'ai pas les tempes parfaitement garnies ; parlez, que me conseillez-vous ?

— De vous faire raser tous les matins ; je possède une pommade qui, appliquée à point, fera un merveilleux effet. Voyez-moi ; il y a deux ans, je n'avais pas un cheveu, maintenant je ferais honte à feu Absalon.

— Ah! vous êtes trop généreux !... mais quand j'y songe, qui me rasera, ici ?

— Moi, Bernard. Il n'y a rien dont ne soit capable mon amitié.

— Vous ?

— Ignorez-vous donc, que j'ai été sous-aide dans

les dragons, avant de m'adonner au commerce?

— Je l'ignorais.

— Peu importe! je vous rase, je vous pommade, vous vous abandonnez à moi, vous régnez seul sur la sensible Malvina, et vous m'accordez votre estime.

— Comment reconnaître un tel service?

— Chose facile, les bons comptes font les bons amis, et toute peine mérite salaire. Je ne vous prendrai que trois francs par séance et dix francs pour la pommade.

— Ah! j'y réfléchirai, dit Bernard en se ravisant.

Grandini Paleastro n'a rien de plus pressé que de communiquer son projet à tous les passagers; mademoiselle Malvina se prête à la comédie avec l'empressement d'une oisive; ses agaceries l'emportent enfin sur l'avarice du petit employé. Bernard n'y tient plus. Il veut être rasé tous les matins, n'apparaît dans la grand'chambre que la tête enveloppée de foulards prétendus nécessaires. Pendant trois semaines le stratagème de Paleastro fait les délices du gaillard d'arrière. Enfin, le trois-mâts relâche à l'île Maurice, le champagne coule à flots; au dessert, l'on apprend au malheureux Bernard qu'il a fait tous les rais de l'extra; un déluge d'épigrammes fond sur son front pâle, et la perfide Malvina pousse la barbarie jusqu'à porter un toast à sa prochaine perruque.

La présence des passagers donne lieu à bien d'autres scènes, sérieuses ou plaisantes, qui rompent la monotonie du voyage.

La modiste, l'actrice, la chanteuse exportent volontiers leurs talents et leurs charmes jusque par delà les tropiques. Or, on conçoit que les cœurs dilatés par trente et quelques degrés Réaumur, doivent être d'une expansion proportionnée à l'intensité de la chaleur.

A cinq cents lieues de terre, une jolie femme qui monte et descend familièrement les échelles, qu'on voit à chaque instant, qui a sans cesse besoin d'appui et de protecteur, est une tentation à laquelle les moins aimables ne peuvent résister longtemps.

Les marins ont l'avantage du terrain, mais les passagers ont pour eux le port d'arrivage.

Les Olympia, les Athénaïs, les Elvire hésitent entre le présent et l'avenir.

Il est doux, sans doute, d'être sous l'égide dominatrice d'un des officiers pendant la traversée ; mais qu'il serait agréable aussi d'avoir un *cavalier servant* dès le débarquement à Rio-Janeiro ou à Calcutta ! Le bâtiment repart, mais le passager reste. Toutefois, si le capitaine est jeune et se met sur les rangs, il l'emportera.

Lors, cancans de germer, pousser, grandir, fleurir et s'épanouir de toutes parts. Quel bonheur pour les rivales et les vieilles de pouvoir crier au scandale !

Un bâtiment, avec sa population nomade de voyageurs, d'employés, de banians et de marins, est une ville de province comprimée à la machine hydraulique. L'on a vu certains petits romans maritimes se dénouer, comme au vaudeville, par l'union assortie d'un aventurier et d'une aventurière ; parfois, comme dans les mélodrames, par un cartel sanglant. Le plus souvent tout se termine à l'amiable à l'hôtel de France, rendez-vous célèbre des commis voyageurs gastronomes.

Compatissons néanmoins au sort des infortunés qui charroient avec eux leurs familles aux parages lointains. Le passager, par lui-même, est déjà fort à plaindre, mais il devient le plus misérable des mortels quand il doit veiller sans relâche sur des êtres plus faibles et plus fragiles que lui-même. Il ne lui reste, hélas ! que la triste consolation de s'écrier avec Panurge : — « O que troys et quatre foys heureux sont ceulx qui plantent choulx ! »

Sur le gaillard d'avant, les mêmes situations se reproduisent, mais les plaisanteries sont plus énergiques et les rivalités plus franches : les coups de pied et coups de poing se substituent naturellement aux pointes et aux calembours. En butte à l'humeur brutale des matelots, le passager du pont subit à bord les tortures d'un purgatoire, et achète par de rudes épreuves le droit d'aller végéter à l'autre extrémité du monde.

## II

### MARINE MILITAIRE.

A bord des bâtiments marchands, on compte sur les passagers comme sur un complément nécessaire de cargaison. Leur présence y est calculée. Le capitaine sait qu'ils seront nombreux et qu'ils doivent s'attendre, pour leur argent, à quelques-unes des commodités de la vie.

Il n'en est pas ainsi sur les navires de l'Etat où ils n'apparaissent guère qu'en minorité, toujours par ordre ou par faveur, jamais à leurs frais. Embarqués en vertu des dispositions de l'autorité maritime, ils ont une assimilation à bord, et s'y trouvent soumis au régime militaire.

Ainsi, mis à la suite des matelots, ils sont traités comme eux ; imposés aux aspirants, ils habitent leur poste étroit ; dévolus aux officiers, ils semblent partager tous leurs privilèges, et vivent dans la grand'chambre ou le carré.

Les personnages, ou les plus protégés, sont *passagers du commandant*, ont droit à sa table, et jouissent d'un logement particulier, qu'on leur improvise dans quelque recoin du bord.

Les passagers des navires de l'Etat sont le plus souvent des militaires qui campent là, chacun suivant son grade, se plaignant sans cesse de leur position, et n'aspirant qu'à débarquer. Les marins, de leur côté, peu jaloux de pareils hôtes, considèrent le transport des troupes comme une corvée.

L'équipage, déjà trop resserré pour avoir les coudées franches, n'accueille pas de bon cœur ce surcroît de population étrangère aux us et coutumes de la navigation. *Des soldats! des fainéants! des tourlouroux!* race maladroite et gênante, qui a le mal de mer, donne un supplément d'ouvrage par sa malpropreté, se roule sur les ponts, et fait obstacle à la libre circulation, qui est bruyante par nature, et attire souvent des punitions générales. Pour une traversée de quelques jours, le matelot se console encore en flibustant les quarts de vin du *piou-piou;* mais dans les longs voyages, lorsqu'il s'agit, par exemple, de renouveler les garnisons des Antilles, le *troupier s'amarine*, et devient bientôt capable de réclamer énergiquement.

A bord de la frégate l'*Introuvable*, le grenadier Balafrot s'avance avec dignité vers le père Lachique et l'aborde sous le petit gaillard d'avant ; soldats et matelots font cercle autour d'eux :

— Marin, dit le militaire en retroussant sa moustache, paraîtrait que trouvant votre ration d'eau-de-vie insuffisante, vous vous êtes permis de faire obliquer la mienne à votre profit. Je ne souffrirai point cela davantage ; on ne me *mécanise* pas comme un conscrit, entendez-vous !

— Qu'est-ce qu'il nous chante, ce *pousse-caillou !* Ton boujaron de *croc*, c'est vrai, il est entré sans louvoyer dans mon pertuis aux légumes ; pour l'instant, il est arrimé dans ma soute aux vivres ; mets tes lunettes, et vas-y-voir !

Gros rires parmi les matelots, sourds murmures chez les soldats.

Les deux camps s'observent et se menacent du regard ; mais les marins sont sur leur élément, ils auraient une supériorité trop marquée en cas de rixe ; Balafrot d'ailleurs, est esclave de la consigne, et ne se bat jamais à coups de poing.

— Assez causé ! *goudron*, vous me rendrez raison de ces insolences à la Guadeloupe. En attendant, je vais porter plainte à l'officier.

Lachique hausse les épaules avec mépris.

— Des *cabillots* comme ça, ça parle de raison ! D'un revers de main, je gage d'en *amurer* douze et le treizième avec !

Cinq minutes après, le gabier achève ces réflexions aux fers. Par représailles, aucun des troupiers ne dormira de la nuit ; on les arrose, ou les transfile pendant leur sommeil, leurs hamacs sont brusquement décrochés par les pieds ; et, le lendemain à dîner, tous les bidons militaires sont mis à sec, comme la mer Rouge, par les Moïses en paletot.

L'autorité du bord se voit forcée d'intervenir ; l'équipage et les passagers sont rassemblés : le second fait un discours menaçant d'abord, mais dont la péroraison pathétique attendrirait Chauvin.

— Plus de dissensions ! plus de querelles ! s'écrie-t-il ; souvenez-vous bien que vous êtes tous *Français* et serviteurs de la *France !* montrez-vous dignes de ce titre glorieux par votre accord et votre union, et...

GARDE A VOUS, ÉQUIPAGE !

PAR LE FLANC DROIT ET PAR LE FLANC GAUCHE,

(*Face à l'avant*)

DROITE ! GAUCHE !

ROMPEZ VOS RANGS ! MARCHE !

Les tambours battent la breloque ; la paix est rétablie jusqu'à la première occasion.

Sur l'arrière, il n'est pas aussi facile d'entretenir la bonne intelligence ; les officiers passagers sont exigeants, ceux du bord mal disposés à faire des concessions; une froideur étudiée règne dans leurs relations réciproques. Souvent, on échange des paroles mordantes, et parfois des coups d'épée à la fin du voyage.

L'hospitalité des officiers de marine, si agréable dans les relâches, est tout autre en pleine mer : fatigués d'avoir des témoins de leur vie privée, ils ne supportent pas qu'on se croie à bord des droits égaux aux leurs, qu'on s'immisce daus leur coterie, qu'on rompe le cercle de leurs habitudes.

A bord de l'*Introuvable* pourtant, lorsqu'y fut embarqué le premier bataillon du 101e de ligne, les deux états-majors sympathisèrent et fraternisèrent avec un ensemble à jamais exemplaire et archi-mémorable. — Pourquoi?... Comment?...

Était-ce parce que le 101e avait reçu de Jules Noriac ses lettres de bienvenue, et, qu'entre loyaux compagnons, les meilleurs gages de concorde sont de francs éclats de rire?

Était-ce parce que la frégate, refondue à neuf et rallongée, comme on le sait (si l'on n'a pas oublié le § 5 du ch. xi, page 36 de sa description physiologique), avait cessé d'être le navire à voiles, témoin des fureurs jalouses des Toinette Simonnot et des Madelon Tiny, pour se métamorphoser en vapeur propulsé par une hélice?... Ou bien encore parce qu'un excellent appareil distillatoire y fournissait désormais de l'eau douce à discrétion?

Était-ce parce qu'on ne fut ni pressé, ni retardé pour l'embarquement et le départ, qu'il faisait beau temps quand l'ancre fût levée au son des clairons, que le soleil était clair, la température agréable, la mer vraiment jolie, la brise douce, et le jour de la semaine non moins faste que celui du mois?

Était-ce parce que les chats du bord ne donnèrent aucun coup de griffe au chien du bataillon, ou parce que le chien du bataillon n'étrangla aucun des chats du bord ?

Était-ce parce que ?.....

Vive le progrès! mon cher Timothée, jusqu'aux vaisseaux cuirassés et à la destruction universelle inclusivement! Rien de tel que les guerres d'extermination pour rendre la paix durable.

Vive le progrès! Le bien-être contribue à la bonne humeur, et la bonne humeur à la bonne harmonie.

Quand on a de l'eau douce à discrétion, on se fait la barbe à son aise, et les poils du menton, moins hérissés, en sont moins piquants; — on ne se lave plus à l'eau de mer les mains ni la figure, le sel se tient coi dans les salières au lieu de se cristalliser dans les pommettes, les fossettes, les rides, les favoris, les sourcils, les cils et autres crins, d'où il suit que les discours, sans en être plus fades, n'ont rien de saumuré.

Quand on est à la stricte ration pour toutes choses,

mal logé, mal nourri, grillé par la chaleur, glacé par la bise, fouetté par la tempête ou emprisonné par le calme plat, incapable de prévoir le terme d'une traversée pendant laquelle on ne cessera d'être aussi gêné que gênant, il n'est pas trop extraordinaire qu'on devienne hargneux, grincheux, maussade, susceptible, insociable, et qu'on soit traité comme tel.

O hélice ! ô vapeur ! ô machine ! ô appareils distillatoires ! A bord, vous faites naître la paix entre les armées de terre et de mer !... Un jour, plaisanterie à part, vous finirez par nous donner la paix à tous, sur terre, sur mer, et même ailleurs !... (Voir mon opinion sur la navigation atmosphérique et les engins pacificateurs des Yankees du Nord et du Sud.)

Cependant le beau sexe qui, sous les traits de Toinette Simonnot et Madelon Tiny, en fit voir autrefois des grises à l'*Introuvable* à voiles, ce même beau sexe en devait faire voir de roses à l'*Introuvable* à vapeur.

Le commandant de notre frégate avait une sœu parfaitement aimable dont le commandant du premier bataillon du 101e était l'heureux époux. Madame la commandante était passagère et plusieurs capitaines mariés emmenaient aussi leurs femmes y compris leurs filles.

La simple prose suffira-t-elle pour narrer les délices de cette traversée trop courte, émaillée de fleurettes folichonnes de toutes les couleurs, depuis le rose tendre jusqu'au carmin très-vif, en passant par l'azur céleste et le vert galant? — Non! Tant de nuances gorge de pigeon exigent la collaboration des muses lyriques, joviales et dansantes. Je vous jure, ami Timothée, de leur consacrer des bouts-rimés dignes du sujet, mais... une autre fois.

Les clarinettes et les crincrins de l'*Introuvable* unissaient leurs accents mélodieux à ceux des clairons du 101e, — touchante harmonie dont naquirent des polkas, des valses et des cotillons sans nombre. — Les tritons et les sirènes en eurent la jaunisse, mais nous, bien au contraire.

A la vérité, le punch et le champagne sont des spécifiques précieux dont nous n'étions pas privés; mesdames nos passagères leur ont rendu toute justice.

Les lieutenants de vaisseau et les capitaines, — les lieutenants d'infanterie et les enseignes de vaisseau, — les docteurs à collets cramoisis, — et notre commissaire, un joli blond, rivalisaient de bon goût, de jarrets et de gaieté, en ré dièze, en sol mouvant au roulis, — chaque soir sur le gaillard ou château d'arrière, gaillardement transformé en château des fleurs.

On jouait aux petits jeux, aux innocents; — jamais aux gros, proscrits comme coupables, car nos prudentes autorités de terre et de mer avaient refusé net le droit de cité à mesdames de pique, de trèfle et de carreau, celles de cœur devant suffire pour charmer tous les nôtres.

Jeux innocents, charades, comédies, concerts improvisés sous les gracieux auspices de madame la commandante, à qui notre commandant laissait fraternellement la direction de nos plaisirs, — sérénades sur la dunette au clair de la lune des tropiques, — de la jeunesse, de la verve, de l'entrain, — rien de trop, — vous vous le rappelez, mesdames et messieurs du 101e!... — et vous donc, mon cher Timothée!

Le dernier jour, on salua la terre avec une joie bruyante, — mais tout bas, il y eut des soupirs exhalés dans une infinité de petits coins... On a même parlé de larmes si brillantes que l'*Introuvable* a pu s'en faire un inimitable collier.

Hélas! hélas! hélas!... quand ce cher bataillon débarqua, quel vide cruel, quels regrets!... mais, aussi, quels souvenirs!

Il en a été parlé sur toutes les escadres du Levant et du Ponant ; et nos arrière-neveux se rediront encore :

— C'était du temps que le 1er bataillon du 101e était passager à bord de l'*Introuvable*.

Nos aspirants aspireront toujours à refaire pareille campagne ; notre commissaire l'a enregistrée sur le vélin de ses rôles les plus agréables ; notre docteur, qui n'a jamais demandé plaies et bosses, voudrait n'avoir jamais à panser d'autres blessures que celles dont nos cœurs furent atteints.

A la table du commandant qui nous réunissait tous chaque semaine, on entendit maints cliquetis harmonieux de verres soulevés par des tostes inconnus :

A la perpétuité du voyage !

A l'éternité de notre traversée !

A la prolongation indéfinie de la campagne !

Aux relâches dans les îles de Cythérée et les criques de Cupidon !...

Vœux impuissants ! souhaits stériles ! l'hélice tournait, l'*Introuvable* filait, l'ancre tomba !

Vous savez le reste.

## III

### LES ARTISTES A BORD

Pour les voyages autour du monde, on embarquait toujours autrefois quelque méchant preneur de croquis, emphatiquement désigné à bord sous le nom d'*artiste*. L'épithète fit fortune parmi les marins ; depuis ils l'appliquent indifféremment aux dessinateurs, aux peintres, aux littérateurs, aux naturalistes, aux savants, à tous les hommes spéciaux enfin, devenus auxiliaires obligés d'une expédition de quelque importance.

Une campagne de découvertes ou d'explorations, une campagne belliqueuse même, ne s'entreprennent plus aujourd'hui sans artistes.

Ceux-ci constituent donc une classe de passagers assez nombreuse pour mériter une mention particulière ; et d'ailleurs ils ne ressemblent en rien au vulgaire des voyageurs par mer.

Le vaisseau n'est plus pour eux une diligence qui doit les porter à destination, une table d'hôte qui doit les nourrir : ils s'intéressent à lui, et bien qu'étrangers à son administration et à ses manœuvres, ils prennent une certaine part à l'action générale. Ils se bornent pas à faire une seule traversée ; lorsqu'ils débarquent, qui à Cadix, qui à Rio-Janeiro, ils sont considérés comme des membres de l'état-major détachés à terre, sur lesquels on compte pour le prochain appareillage.

En rade de France, si les officiers d'un bâtiment prêt à mettre sous voiles apprennent que des artistes doivent faire la campagne, un hourra de joie retentit dans le carré :

« La mission ne peut être qu'intéressante, l'on ira dans des parages curieux ; évidemment on sortira de la routine habituelle de la navigation. »

Aussi l'on décrète à l'unanimité de fêter les nouveaux venus dès qu'il paraîtront.

Tandis que les passagers ordinaires fatiguent par leur air ennuyé et leur mauvaise humeur, les artistes charmés de l'accueil qu'ils reçoivent, s'identifient avec le navire, et sont favorables, sans même s'en douter, au maintien de la bonne harmonie. Quelle que soit leur spécialité, ils seront reçus avec prévenance ; c'est à qui leur offrira ses services.

Une franche camaraderie les entoure; ils prennent place à la table des officiers comme des hôtes impatiemment attendus. On leur fait les honneurs du bâtiment depuis la cale jusqu'au pont, chacun veut être leur cicerone. On s'empresse à l'envi de lever leurs doutes en ce qui concerne les usages de la mer ; on se hâte de répondre à leurs questions, et de résoudre les problèmes qu'ils posent avec la curiosité judicieuse de gens habitués à réfléchir.

Leur présence est une bonne fortune : elle rajeunit les conversations du bord, et renouvelle la vie intellectuelle. A des discussions arides sur la manœuvre et l'ordonnance, succèdent des dissertations plus élevées ou de piquantes facéties. L'artiste embarqué est un chef d'école qui compte autant de disciples qu'il y a de membres dans l'état-major.

Le porte-voix et le hausse-col ont, à ce qu'il semble, une vivace affinité pour les brosses et la palette.

Les charges d'atelier ont eu une vogue immense à bord des vaisseaux de l'Etat ; elles ont été transmises de division à division navale, et sont devenues cosmopolites. Les officiers et leurs hôtes ont sympathisé dans les deux hémisphères ; le souvenir des derniers navigue encore bien des années après leur débarquement.

A peine soumis à la discipline du navire, et uniquement pour la forme, l'artiste est l'égal de tous, des chefs et des subalternes.

Cette position indépendante le rend l'homme le plus heureux du bord, où il jouit pourtant du droit de cité.

Les officiers sont ses camarades, le commandant a des égards pour lui, les aspirants n'ont aucune raison de lui en vouloir, et les matelots font grand cas de lui, sans savoir au juste pourquoi. Cependant, si vous les poussez de questions :

— Y a apparence, vous dira quelque vieux de la cale, que c'est un malin, un soigné, vu qu'on nous l'a envoyé de Paris, par rapport qu'il en sait long sur son article, pire qu'un docteur. Et malgré ça, il n'est pas fier, cet homme : il vous blague comme un autre quand il vient devant allumer sa pipe, et il semble un vrai matelot, pas plus gêné que moi z'à bord.

L'influence des artistes a opéré une lente révolution dans la marine. Un assez grand nombre de jeunes officiers se sont épris des œuvres d'art et de littérature.

Après avoir fait son quart ou commandé l'exercice, il est si doux de rentrer dans sa cabine pour se livrer à des occupations moins fastidieuses.

On trouve à bord de laborieux griffonneurs, des barbouilleurs opiniâtres, qui s'exercent seuls, avec une persévérance digne d'éloges, à des travaux étrangers en apparence à leur profession. Loin des foyers de science, loin des bibliothèques, loin des ateliers ils parviennent à se former, en dépit des obstacles perpétuels, des tracas du service et des circonstances défavorables de la navigation.

Sans être en majorité dans l'arme, ces officiers y occupent une place remarquable; ils s'efforcent de prendre part aux campagnes scientifiques, et sont jaloux entre tous de la fréquentation des artistes.

C'est à bord d'une frégate qui faisait le tour du monde, que parut le premier journal pittoresque illustré, et rédigé en commun par tous les habitants du carré. Une aquarelle du dessinateur de l'expédition lui servait de frontispice; une nouvelle s'aventura bientôt sur les feuilles de l'album, elle fut suivie d'une foule d'essais dans les genres les plus variés : le naturaliste, l'ingénieur hydrographe, tous les passagers, contribuèrent à l'œuvre collective.

Un matin le volumineux cahier disparut, et quelques jours après il était enrichi d'un poëme anonyme en trois chants. L'actualité en faisait le mérite principal ; l'auteur racontait les événements de la campagne en appliquant à tous les membres de l'état-major et à la plupart des hommes de l'équipage le nom et le rôle des dieux et des héros de l'antiquité.

Le commandant était Jupiter ; le commissaire, Mercure ; le patron de chaloupe, Caron ; le mousse des officiers, Ganymède. Toutes les divinités de l'Olympe ou du Tartare avaient facilement trouvé leurs homologues à bord ; mais pour les déesses de l'épopée, il fallut avoir recours aux souvenirs des diverses relâches.

Ces métamorphoses maritimes eurent un succès d'enthousiasme ; on les citait, on les commentait, on les annotait à tout propos. L'Ovide seul restait inconnu. L'on découvrit cependant, vers la fin du voyage, que ces pages immortelles étaient le fruit des veilles de l'aquarelliste. Une salve d'applaudissements ébranla les cloisons du carré ; une ovation triomphale était décernée au classique chantre de l'expédition.

L'album de la frégate acquit une réputation qui sillonna l'Océan ; il ne tarda pas à être imité. La mode, sur les navires de bon ton, fut d'avoir en permanence, au milieu de la table ronde, un *registre* orné de vignettes et bourré de pièces, de prose ou de vers, dont quelques-unes circulent encore, entre le mât d'artimon et le grand mât, de l'orient à l'occident, et du midi au septentrion.

Une variété de jeunes officiers tint à avoir un *genre artiste ;* la cellule de maint enseigne s'efforça de prendre l'aspect d'un atelier. Quelques études appendues aux cloisons, des statuettes accorées au roulis, un choix des poëtes en vogue, une collection d'insectes, une pile de cahiers de musique, un fossile quelconque et une guitare, furent de rigueur. Plusieurs fanatiques amants des beaux-arts, outre-passant les limites du vraisemblable, parvinrent à faire entrer non-seulement une bibliothèque et un chevalet, mais encore un piano, dans leur domaine de cinq ou six pieds cubes, tapissé d'études et de curiosités d'outre-mer.

Nous avons connu à bord d'un petit brig de dix canons un aspirant qui, nouveau troubadour, ne naviguait point sans emporter une harpe dans son étroit réduit.

Les concerts d'amateurs, les comités de lecture et les clubs de dessinateurs, ont envahi les grandes chambres de nos vaisseaux. Nous nous garderons bien de faire un éloge absolu de ces réunions ; mais elles ont remplacé les jeux de hasard, elles ont donné aux esprits une direction qui tend à les adoucir.

Les ours de mer deviennent infiniment rares; ne les regrettons pas. On s'est complu, il est vrai, à représenter ces individualités brutales comme les meilleures gens du monde : c'était, disait-on, des bourrus bienfaisants, de modernes Jean Bart, des âmes franches et loyales ;

le pavillon couvrait la marchandise. Nous avons eu l'occasion d'apprécier cette opinion à son juste prix.

Si la grossièreté, peut s'allier aux plus généreux sentiments, il s'en faut — et de beaucoup, — qu'elle en soit l'étiquette.

En allant chercher sur les mers des émotions et des spectacles grandioses, les artistes ont déposé dans nos escadres des germes précieux; il ont fait naître une émulation généreuse dont, s'il n'y prennent garde, ils pourront avoir lieu de se repentir, car leurs pérégrinations deviendront nécessairement plus rares du jour où les officiers seront eux-mêmes des *artistes à bord*.

Au retour à Brest ou à Toulon, les membres de l'état-major se réunissent pour traiter une dernière fois l'artiste leur compagnon de voyage. Ils lui promettent solennellement d'aller le voir à Paris, et n'ont garde d'y manquer s'ils peuvent obtenir un congé.

Plus tard, ils parlent complaisamment de leur expédition artistique, la rappellent à tout propos, et se vantent d'avoir fait campagne et d'être infiniment liés avec ***, *un de nos plus célèbres contemporains.*

## IV

### LE MAL DE MER

Lorsque le plus grand des Romains, confiant sa fortune à une misérable barque, prononçait le fameux : « *Cæsarem vehis !* » certes, il n'avait pas le mal de mer, car alors tout le ronflant de son grand mot se fût perdu dans un hoquet, et le batelier découragé, abandonnant son esquif à la merci des vagues, eût peut-être changé la face du monde.

Dans presque toutes les maladies qui accablent notre faible nature, la victime emprunte à sa situation quelque chose de grave et d'imposant qui inspire une respectueuse pitié. On compatit à une souffrance dont le terme est incertain, et dont les causes mystérieuses peuvent amener un dénoûment tragique. On sait qu'il n'est point de remède immédiat, point d'opération sans danger, point de secours infaillible; on se défie du succès de la cure, de l'art du médecin.

Il n'en est pas ainsi pour le mal de mer; le contact de la terre passe pour être suivi d'un rétablissement absolu, on en est sûr, on n'a ni doutes à concevoir, ni rechutes à craindre. Celui qui se débat sous ses étreintes ne produit qu'un impression de dégoût; rien ne ressemble plus à un ivrogne qu'un homme qui *compte ses chemises*.

Prenez la plus jolie femme du monde, une de ces sylphides qu'enveloppe une atmosphère d'amour, une de ces Desdémone qu'on ne peut voir sans frissonner de désir, la *Diva* de vos rêves, en un mot, — transportez-la sur un navire qui appareille de gros temps; — et, après quelques heures de navigation, venez la revoir. Fussiez-vous un Othello dévoré par une passion à faire fondre des montagnes, vous serez guéri sans retour.

— Paradoxes de marin! cruelles facéties, direz-vous? — Un funèbre docteur prétend y couper court par l'exemple d'une passagère charmante, morte des suites du mal de mer.

— *Infandum!*

Laissons Tityre jurer que les nausées d'Amaryllis ne refroidirent jamais sa tendresse; et parlons d'une des plus détestables coquines de l'Univers.

L'antique sultane de l'Orient, la Péri égyptienne, passionnée, forte, altière, l'idéal de la statuaire et de la peinture, merveilleux corps de femme, souple, svelte, plus brillant que le marbre de Paros, veiné d'azur et reflétant des teintes inconnues, tête majestueuse qu'on nous dépeint si belle avec sa chevelure de feu, Cléopâtre enfin, la fille des rois, la maîtresse des maîtres du monde, vaincue corps et âme par l'inexorable mal de mer, perd à la fois beauté, noblesse, courage ; elle fuit! Pour la suivre, Antoine renonce sans gloire au sceptre de l'empire.

Elle fuit lâchement. Sa désertion, pas plus que ses crimes, n'ont pu arracher du cœur d'Antoine une passion insensée; que ne l'aperçut-il à temps, torturée par ses crampes d'estomac, les lèvres bleues, les yeux rouges, blême, maussade, ridicule, appelant la terre d'une voix plus qu'entrecoupée! Le rival d'Octave eût haussé les épaules, et ramenant ses galères au combat, il aurait pu mériter de rentrer triomphalement à Rome, d'être salué de *Victor imperator* par les corbeaux des faubourgs, et nommé *Auguste* par la chambre des pères conscrits.

Le mal de mer n'aurait pas été alors d'une moins grande influence sur les destinées du peuple romain, que la coupe des barbes ne l'a été depuis sur celles de la nation française.

Qui eût découvert le Nouveau-Monde, si Christophe Colomb avait été sujet au mal de mer? Partant, connaîtrions-nous aujourd'hui le rhum de la Jamaïque, les liqueurs de madame Amphoux, les pommes de terre et le tabac?

Marie Stuart, l'infortunée reine, aurait-elle dit de si

doux adieux au *plaisant pays de France*, si ses entrailles eussent demandé grâce à chaque coup de roulis?

Avec le mal de mer, plus de Césars ni de triomphes, plus d'Amérique ni de cigares, plus de ces rêveries instinctives qui saisissent l'âme quand on perd la terre de vue, plus de chants d'amour ni de poésie.

Avec le mal demer, pour les guerrier français qui vont, en pantalon garance, cueillir les palmes de l'Idumée sur les rives de l'Algérie, les quarts de vin et les boujarons d'eau-de-vie distribués à bord sont autant de mythes. Leur vaillance ne peut empêcher le matelot goguenard de boire, à leur nez et à leur moustache, la ration destinée à les reconforter.

Que devient l'énergie humaine quand l'estomac envoie le cœur se promener au bord des lèvres? Aussi n'est-il point d'excuses pour les traducteurs passés des œuvres d'Horace, dont aucun n'a reconnu le mal de mer, dans les vers tant de fois cités :

> *Illi robur et æs triplex*, etc.

Un marin latiniste en a seul pénétré le sens et donné une version fidèle que nous recommandons à tous les érudits :

« Il avait l'estomac *bordé* en chêne et *doublé* de triples feuilles de cuivre, celui qui le premier risqua son précieux appétit sur les nappes de la mer (*alias* de la mère) barbare. »

Nous ne faisons pas cette citation pour la première fois; mais les belles choses ne sauraient être assez répétées.

Sans transition, célébrons ici deux braves étudiants de Strasbourg, l'un grand, noir, maigre et sec, qui se nommait Athanasius; l'autre petit, rouge, gros et gras, qui s'appelait Humbdenstock. Ils ne différaient pas moins au moral qu'au physique ; le premier était le type de l'Allemand enthousiaste, qui s'éprend d'une rêverie, la caresse, l'élabore, la grandit par l'étude et la contemplation intime, puis un jour n'en étant plus maître, se laisse emporter par elle. Ces gens-là, comme Ashavérus, marchent, marchent toujours, sans mesurer les obstacles, sans prendre garde à rien ; il faut qu'ils obéissent à leur idée fixe.

Le second, tout abdomen, savourait les choppes de bière et la choucroûte de la vie, jour par jour, comme le ciel les lui adressait; il ne se nourrissait ni de songes creux ni de poésie, les abstractions philosophiques ne troublaient en rien son repos ; mais il appartenait en entier à son camarade.

Une parenté éloignée, une éducation commune, une foule de services réciproques avaient resserré entre les deux étudiants une amitié plus vivace peut-être en raison de leurs natures opposées. Toujours est-il qu'ils logeaient, vivaient ensemble et ne se quittaient pas d'une semelle.

Les détails matériels étaient du ressort d'Humbdenstock; s'agissait-il de prendre une résolution, c'était le lot d'Athanasius.

L'exaltation de l'un faisait la loi à l'insouciante bonhomie de l'autre.

N'ayant jamais perdu de vue le clocher de leur cathédrale, ils ne connaissaient la mer que de réputation, comme une personne qui ne manque pas de notoriété. Le débonnaire Humbdenstock n'y songeait guère et ne s'en souciait pas davantage; Athanasius, au contraire, s'enflamma peu à peu pour la vaste inconnue d'une belle passion fantaisiste. Il voulait admirer *les vagues mugissant dans leur plaine salée, comme un combat de cent taureaux;* il brûlait d'entendre *la grande voix de l'Océan et ces paroles mystérieuses qu'il jette à l'oreille de ceux qui sont nés pour les entendre.*

Un incident fort vulgaire mit le comble à son échafaudage.

Un soir qu'attablés dans une brasserie des environs de la ville, les deux amis fumaient et méditaient en compagnie d'un vaste pot de bière, des chanteurs ambulants entrèrent.

Après un prélude péniblement arraché aux cordes grasses d'une guitare, une voix criarde chanta :

« Adieu, mon beau navire... etc. »

Athanasius fit un bond et renversa son verre ; la voix continua :

« Nous n'irons plus ensemble
» Voir l'Équateur en feu ,
» Mexique où le sol tremble,
» Et l'Espagne au ciel bleu. »

Et bien d'autres choses encore; mais Athanasius n'écoutait plus, il agitait les bras comme un possédé, laissant échapper des phrases incohérentes :

— La mer ! la mer ! s'écria-t-il enfin, allons lui demander des inspirations !

Et l se jeta dans les bras d'Humbdenstock. Dans ce mouvement d'effusion, sa pipe se brisa en trois morceaux, il ne s'en aperçut même pas.

A dater de ce moment, la détermination de l'étudiant fut irrévocable. Un mois après, les deux amis s'embarquaient au Havre sur un brig de commerce. Athanasius n'avait pu se contenter de contempler du rivage l'antique et grandiose Océan ; il tenait d'ailleurs à mettre le pied sur un sol vierge, seconde monomanie qui découla de la première.

Le bâtiment appareilla : bientôt la longue houle et les secousses amenèrent le mal de mer ; il fallut abandonner le pont. Athanasius s'était promis d'étudier la poésie de la tempête, il n'en eut pas le loisir ; il se tordait sur l'étroite couchette de sa cabane. Lorsque parfois il se hasardait sur le pont pour respirer un air plus frais, les quolibets, dont les marins ne manquaient pas de saluer sa face jaune et son teint cadavéreux, le forçaient à rentrer dans son trou.

Humbdenstock, pour sa part, ne bougeait pas de son lit. Appliquant en conscience une excellente recette hygiénique que lui avait donnée le capitaine, il mangeait avec une persévérance infatigable.

Au bout de quinze jours, les deux passagers commencèrent à s'amariner ; alors le brig était déjà dans les belles mers du Tropique, ils avaient été bien secoués dans leur boîte flottante et n'avaient rien vu.

Adieu les flots en courroux ! une brise toujours égale semblait clouée au même point du ciel ; pour tous incidents, ils n'eurent que le spectacle des jeux de quelques troupes de marsouins qui s'ébattaient parfois le long du bord. Arrivés au terme du voyage, les infortunés étudiants ne se rappelaient, en fait de lames gigantesques, que leurs douleurs d'estomac. Ils étaient moins avancés, ma foi, que s'ils fussent restés en contemplation devant une marine d'Isabey.

Les navigateurs curieux feront bien d'offrir une récompense honnête à celui qui trouvera un remède souverain contre le mal de mer. Jusqu'à ce jour, on n'en sait d'autre que d'avoir *tousiours en terre ung pied, l'aultre n'en est pas loing.*

La suite des aventures des deux amis nous les montrerait réussissant aussi peu à la découverte d'un sol vierge de toute impure civilisation que dans la recherche de la poésie maritime; il suffit de les avoir représentés manquant dès le début à leur mission d'observateurs.

Le mal de mer est ainsi la pierre de touche du novice et du passager ; c'est un tribut auquel il n'est donné de se soustraire qu'à un petit nombre d'organisations; le vieux marin, lui-même, s'il a passé trop de temps à bord du *Reste à terre*, sera traité comme un *Parisien*.

En général, quelques jours de traversée suffisent pour amariner ; les plus terribles coups de vent peuvent venir ensuite, on les recevra de bon appétit. Cependant il est des natures rebelles aux plus longues épreuves, chez qui le mal de mer est incurable. On cite de bons officiers dont il demeure l'opiniâtre compagnon. Au large, un malaise perpétuel les poursuit; ils font péniblement leur service, et forcés de se résigner à un supplice infini comme l'Océan, ils rappellent les damnés du Dante. Ceux-là méritent et obtiennent par exception une stérile pitié : d'ailleurs, ils ne se plaignent jamais, tiennent à honneur de cacher leur torture comme une honte et luttent avec une constance digne d'un meilleur sort.

Le mal de mer, — passager taquin, — que les Grecs déifièrent, dit-on, sous le nom nautique de *nautia*, d'où nous avons fait *nausée*, fut assurément un des enfants terribles du père Esculape.

Admirable matière à mettre en vers latins :

— L'irascible Neptune ayant fait naufrager une cargaison de drogues attendue par le fils d'Apollon, Esculape, pour se venger de ce mauvais tour, embarqua par dessus le bord son vilain nouveau-né.

Depuis, le mal de mer n'épargne ni le génie, ni la beauté, ni le courage, ni l'enthousiasme, ni la témérité ; il ne fait pas même grâce à l'ignorance, car l'enfance lui est sujette.

Enfin, triste réalité pour les navigateurs gastronomes, il ne méprise pas de s'attaquer aux quadrupèdes et aux volatiles ; les moutons, les poulets et les canards souffrent, maigrissent et meurent du mal de mer. Qu'importe alors d'être insensible à ses attaques directes ; le perfide a trouvé une seconde manière de porter le trouble dans les estomacs. — Néfaste et maudit soit le jour où le cuisinier éploré déclare qu'une épidémie subite a dépeuplé les cages à poules!

Ces dernières lamentations sont textuellement empruntées au fameux docteur Esturgeot, qui ne navigua jamais à bord de l'*Introuvable ;* — on doit savoir qu'à bord de l'*Introuvable* le mal de mer fut toujours inconnu.

# MÉMOIRES

## DE JEAN-BAPTISTE LAVERTU

### Fourrier de la frégate l'*Introuvable*

Jean-Baptiste Lavertu, l'un des fourriers de la frégate l'*Introuvable*, représente l'enrôlé volontaire dans toute sa splendeur.

Le boulet rimé qui célébrera ses aventures n'est pas encore fondu, le poëme qui dira comment il entra dans l'armée navale n'est pas encore fabriqué par la muse des passavants; mais, à défaut des chansons de matelots, nous avons ses mémoires.

Ces mémoires, documents précieux, nous ont été confiés par l'auteur lui-même, pouvons-nous mieux faire que de les analyser? Il est regrettable peut-être que nous soyons obligé de morceler un tel chef-d'œuvre, mais, un beau jour, Jean-Baptiste Lavertu les

4.

fera certainement éditer. En attendant, il nous a été permis d'en donner un avant-goût, et de citer textuellement quelques passages.

Commençons!...

Une notice préliminaire, sorte d'introduction, nous apprend comment Jean-Baptiste Lavertu reçut le jour dans la ville de Soissons, de parents aisés et adonnés au commerce en gros de haricots, pois, fèves, lentilles et autres farineux. Il y est parlé de M. Lavertu père et de la résolution qu'il prit de mettre son fils au collége.

Le chapitre premier de la première partie est intitulé *Mon jeune âge*.

Jean-Baptiste Lavertu annonce d'heureuses dispositions pour l'étude; il fait la chasse aux hannetons; il suit les tambours et les musiques de tous les régiments qui passent par la ville, — ce qui donne à penser à madame Lavertu qu'il deviendra général de cavalerie. Baptiste entre en huitième au collége communal, obtient un accessit d'écriture et commence à faire l'orgueil et la joie de sa famille.

Le chapitre deuxième ne le cède pas au précédent. Il a pour sujet la physiologie du collége communal de Soissons, du principal, des professeurs et maîtres d'étude, du portier et de quelques élèves. Baptiste se lie avec plusieurs de ces derniers et fait plusieurs fois l'école buissonnière. Les écoliers ravagent un champ de navets, sont arrêtés par le garde champêtre et reconduits au collége. Baptiste reçoit une juste correction paternelle, il est en outre condamné par le principal à un pensum gigantesque, et pour, comble de maux, tombe assez gravement malade par suite de navets crus qu'il a croqués à belles dents.

Madame Lavertu s'alarme; — elle s'afflige de l'état de son enfant, elle est touchée de le voir alité, tempère les rigueurs paternelles, et, malgré le médecin, non-seulement elle donne à Baptiste des tartines de confiture, mais encore elle va louer pour lui, au cabinet de lecture voisin, une relation de voyages. Elle a craint, l'imprudente mère, d'enflammer son imagination en lui mettant entre les mains quelque roman dangereux!... Qu'a-t-elle fait, juste ciel!...

Le petit malade, charmé par la lecture du substantiel ouvrage qu'il a dévoré d'une bouchée, en demande un second, puis un troisième; il lit le récit des découvertes, combats, naufrages et autres aventures du capitaine Tempête; bref, il prolonge son indisposition, tant et si bien, que M. Lavertu s'en inquiète, cherche une explication raisonnable et ne tarde pas à surprendre son fils au milieu d'un chapitre palpitant d'intérêt.

L'honnête commerçant lui arrache son livre perfide, le traite de fainéant et de petit vaurien, et malgré la meilleure des mères, le morigène le mieux du monde.

Une scène d'intérieur s'ensuit; madame a beau se fâcher, M. Lavertu déploie une fermeté digne d'éloges. Jean-Baptiste est paternellement ramené au collége par un procédé fort usité au théâtre de la foire.

Le fidèle et scrupuleux fourrier des équipages de ligne ne cache point que son pantalon déjà mûr, souffrit tellement dudit procédé, que madame Lavertu y mit une pièce dès le lendemain.

Au collége, Baptiste ne cessa plus d'avoir toutes sortes de désagréments, attendu qu'au lieu de s'acheter du pain d'épice, il louait secrètement sur ses deniers de poche ces livres détestables qui parlent de la mer et des marins à toutes les pages. Il dévora ainsi les Singulières Aventures d'un capitaine hollandais, les Navigations de Pierre Lagarrie, un nombre incroyable de volumes de l'Histoire générale des naufrages, etc...

Madame Lavertu meurt; douleur de Jean-Baptiste.

Il ne cesse d'être le dernier de sa classe, malgré les accessits d'écriture qu'il obtient annuellement à la distribution des prix. M. Lavertu père supprime les deniers de poche; aussitôt son fils prend une grande résolution.

Ces événements nous ont conduit au chapitre huitième, dans lequel on voit le jeune Lavertu et trois de ses condisciples vendre leurs livres de classe et la meilleure partie de leurs hardes, et partir de Soissons pour aller s'embarquer au Havre comme mousses. Ils sont immédiatement dénoncés par le revendeur qui vient d'acheter leurs effets. Le garçon de magasin de M. Lavertu se met à la poursuite des fugitifs; mais Baptiste a reconnu de loin le factotum de la maison paternelle. On se cache derrière un taillis. Le garçon passe; un peloton de gendarmes arrête bientôt nos quatre écoliers et les ramène en ville au milieu des huées de tous les gamins du cru.

Une si fâcheuse aventure inspire au fourrier une tirade contre la maréchaussée, commençant par cette remarquable apostrophe :

> Qui me délivrera des gendarmes français?
> Ces guerriers inhumains et très-farouches, dès
> Mes plus tendres jours, ont persécuté ma vie
> Qui sera pour jamais l'implacable ennemie
> De leurs forfaits!...

Nous passons la suite ; — il ne faut pas abuser de la complaisance du digne fourrier et priver son futur éditeur d'un élément de succès populaire.

Vertement traité par son père, Baptiste se fait renvoyer du collége. Il déclare qu'il veut entrer dans la marine et qu'il y entrera; ce qui lui vaut une nouvelle correction; après quoi, pendant deux ans consécutifs, il aide, bon gré malgré, le garçon de magasin :

— Je voulais faire de toi un avocat ou un médecin, lui dit M. Lavertu ; je t'aurais établi avantageusement ; mais tu ne veux pas finir tes études, tu te fais chasser du collége, tu n'es bon à rien !... Eh bien ! travaille ici, mauvais sujet. Mesure et pèse la denrée ; sers-moi à quelque chose.

Baptiste est bien forcé d'obéir ; mais pendant la nuit, il lit les romans de Cooper, *le Corsaire rouge*, *le Pilote*, *la Sorcière des eaux*, ceux d'Eugène Sue, *Plick et Plock* où il est parlé d'un cheval nautique, *la Salamandre*, *la Vigie de Koatven*, et les ouvrages de Corbière, où l'on voit comment jurent les matelots, et ceux du capitaine Marryat ; il lit les *Gueux de mer* ; il lit — que le ciel nous le pardonne — *la Gorgone* et *les Iles de glace*, et *une Haine à bord*, et *les Quarts de nuit*, où il rencontra, hélas ! l'histoire d'un grognard d'eau salée sous le titre d'*Une chienne d'habitude*.

Hâtez-vous de lire cette histoire, — ceci soit dit sans fol amour-propre d'auteur, — si vous voulez comprendre le légitime enthousiasme de Jean-Baptiste Lavertu.

Loin de redouter les dangers, les privations et les souffrances de la carrière maritime, il les brave, il les dédaigne ; sa vocation se raffermit. — Il fait ses premiers vers alors ; il chante l'Océan aux flots bleus ;

il assure s'être rencontré avec Lemière en disant quelque part :

> Le trident de Neptune est le sceptre du monde.

Nous n'en croyons pas un mot.

Le chapitre dixième, intitulé DÉPART, commence textuellement ainsi :

« — Va-t-en au diable ! me dit mon père ; tu as dix-sept ans : ton frère Joseph en a quinze ; il est d'âge à te remplacer ici. Je n'ai plus besoin de toi !... Je t'autorise à te faire pendre, si tu en as envie !...

> « La tendre Angélina, douce fleur printanière,
> » Angélina, ma sœur et ma seconde mère,

» obtint, à force de pleurs, une bénédiction et trente écus que l'auteur de mes jours me donna le lendemain. »

Jean-Baptiste part enfin pour le Havre : touchants adieux, stances à Angélina, sa sœur aînée.

Avec le onzième chapitre, nous arrivons au Havre. Lavertu s'empresse d'aller voir la grande mer, improvise une ode à Amphitrite et est ivre de joie.

Il décrit ses premières impressions maritimes, trois pages durant : passons !

Le soir, en rentrant à l'auberge, Jean-Baptiste rencontre *un jeune marin*, très comme il faut, habillé en bourgeois, et qui se dit officier à bord d'un vaisseau marchand. L'aimable garçon fait à Lavertu le plus séduisant tableau de la navigation et du métier de la mer ; il se déclare son ami et ne veut plus le quitter.

— Trois jours de festins, c'est l'usage, dit le *jeune marin*. Il faut manger son argent d'abord ; ensuite on se présente pour embarquer, on vous inscrit, on vous paye vos avances, c'est de règle. On mange encore ses avances, et après, on part.

Avant la fin des trois jours, les trente écus sont plus que dévorés ; le *jeune marin* ne reparaît plus.

Jean-Baptiste Lavertu se rend à bord du vaisseau où il compte retrouver son ami Lubin ; il le demande à un *monsieur* qui ne sait ce dont on lui parle.

Lavertu commence à craindre d'avoir eu affaire à un filou ; mais s'adressant au *monsieur*, il lui annonce qu'il vient pour embarquer sur son vaisseau.

Le *monsieur*, c'est-à-dire le second du trois-mâts, — (le vaisseau marchand n'est et ne peut être autre chose) — le second demande à Lavertu de quelle part il est envoyé.

— De quelle part? reprend notre jeune candidat maritime.

— Oui, mon garçon ; est-ce l'armateur, le capitaine, le commissaire ou le diable qui t'expédie ici ?...

— Personne, monsieur, je viens de moi-même, répond Lavertu, horriblement blessé d'être tutoyé à première vue.

Le second du trois-mâts éclate de rire, les matelots s'approchent et font cercle ; le mot *Parisien* est lâché.

— Mais je suis de Soissons !... répond Lavertu.

— C'est bien ça ! s'écrie le second, parisien pur sang !

L'équipage entier rit au nez du malheureux Baptiste, qui est bafoué, sifflé, raillé, conspué, puis éconduit fort brutalement, attendu que le second s'écrie :

— Ah ça ! vous autres, assez causé ! A l'ouvrage, tas de caïmans !... Et à la porte le Parisien !

Jean-Baptiste Lavertu se retrouve sur le quai, sans argent, sans embarquement, et ne sachant plus de quel bois faire flèche. Il va se promener au bord des flots irrités, dans l'espoir que leur grande et mystérieuse voix ranimera son courage.

Cette promenade le mènera loin...

La rapide analyse des onze premiers chapitres des mémoires de Jean-Baptiste Lavertu nous a conduit à un passage critique de son histoire ; c'est le cas de nous abandonner aux charmes de son style fleuri.

*Chapitre douzième.* — LE HAVRE. — « O douce Angélina, compagne de mes jeunes années, sœur tendre et chérie, qu'eusses tu dit, grands dieux ! si tu avais vu ton frère dans la cruelle situation où il se trouvait et mêlant ses larmes amères aux flots moins amers, s'il est possible, du grand Océan ?

» J'étais en proie aux plus affreux tourments ; mille desseins contraires s'entrechoquaient dans mes esprits, tels que les guerriers bardés de fer au premier moment de la bataille ; mes regards se voilaient, une noble rougeur colorait mon front; je me rappelais avec horreur les risées cyniques de l'équipage et les froides railleries du second. Je devinais le sens odieux de cette épouvantable épithète de *Parisien*, qui m'avait été décernée à l'unanimité.

» Cependant, la clameur sublime de la vaste mer, du gouffre immense, des plaines salées qui baignaient mes pieds, résonnait à mes oreilles et remuait mes entrailles.

» Je fus tenté de me précipiter dans les flots et de leur demander la mort, puisqu'ils me refusaient la vie par l'organe du second du trois-mâts.

« — Vous résistez, m'écriai-je, aux embrassements
» de mon véritable amour ; eh bien, que votre étreinte
» me soit mortelle ! Si tu ne veux pas être mon

» asile, sois ma tombe! ô mer! ô Pont-Euxin! ... »

» Mais il faisait froid, Angélina, le temps était glacial et lugubre comme un glas funèbre, et moi, tu le sais, sœur chérie, je ne veux mourir que sous un rayon doré du soleil.

» Comment mon âme radieuse, ardente émanation des globes enflammés, retrouverait-elle sa route à travers ce ciel gris semblable à une voûte de plomb? Elle a soif de la lumière et de l'immensité du dôme d'azur; elle perdrait ses ailes dans ces nuées denses et fangeuses.

» Il pleuvait à torrents.

» Je fus tenté de retourner à bord du trois-mâts (c'est ainsi qu'on appelle un vaisseau marchand, bien qu'il y ait quatre mâts et même davantage), je fus tenté d'aller me jeter aux pieds du farouche second et de lui dire, comme Philoctète à Néoptolème :

« — Je te conjure, par les mânes de ton père, par
» ta mère, par tout ce que tu as de plus cher sur la
» terre, de ne me laisser pas seul dans les maux que
» tu vois. Je n'ignore pas combien je te serai à charge
» (*moi Parisien indigne*), mais il y aurait de la honte
» à m'abandonner. Jette-moi à la proue, à la poupe,
» dans la sentine même, partout où je t'incommoderai
» le moins. Il n'y a que les grands cœurs qui sachent
» combien il y a de gloire à être bon ; ne me laisse

» point en un désert où il n'y a aucun vestige d'hom-
» mes!... [1] »

» Oui, je traitais le Havre de désert, absolument comme si j'eusse été dans l'île sauvage de Lemnos. Et, en effet, Angélina, quels hommes y avais-je rencontrés? — Des bêtes féroces, des ours marins, et avant eux un vampire qui m'avait sans pitié sucé le plus pur de mon sang : — trente écus, mes meilleurs effets qu'il avait vendus comme inutiles à un marin, et ma montre, qu'il me fit mettre au mont-de-piété, sous prétexte que, mes avances touchées, je la dégagerais aisément.

« J'ai connu le malheur, et j'y sais compatir. »

» Depuis lors, je me suis toujours défié des prétendus bons enfants. Je me rappelais, hélas! avec une ineffable tristesse, ces paroles favorites de notre professeur de quatrième : — « Il ne faut jamais se fier
» aux apparences ! »

» Mais, tandis que je faisais ces cruelles réflexions, absorbé par ma douleur et marchant à grands pas le long d'un rivage désolé, je me sentis tout à coup dans un bain de pieds qui m'arrivait au-dessus du genou. J'attribuai à ma distraction profonde un acci-

(1) Télémaque, liv. xv.

dent qui n'était rien moins qu'un des mystérieux phénomènes de la nature. La marée montait !...

» La marée montait, Angélina, chère sœur, avec une effroyable rapidité. J'essayai de fuir. Grands dieux ! j'étais poursuivi à fond de train par la cavale indomptable et rebelle. Les flots entassés, comme Pélion sur Ossa, se ruaient sur mes traces.

» J'avais beau presser ma course, les vagues furieuses me devançaient, le sol manquait sous mes pas. Horreur ! horreur ! horreur !...

» Et sur la plage, des cris d'effroi répondaient à mes cris de détresse.

» Enfin la lutte épuisa mes forces; une de ces monstrueuses montagnes humides m'engloutit tout entier ; je perdis le sentiment de l'existence, et c'est pourquoi j'ai versifié ces strophes dédiées à notre respectable père. Il y est question de toi. »

(Supprimons les strophes de Jean-Baptiste Lavertu.)

« Je revins à moi dans une barque de pêcheurs qui me frottaient les tempes avec de l'eau-de-vie, et, comme Ménèle dans le cinquième chant de *l'Énéide*, je rendis bientôt les flots amers.

» Mais à peine avais-je achevé de restituer aux ondes le liquide saumâtre que je leur avais emprunté bien malgré moi, à peine rouvrais-je des yeux naguère voilés par le linceul de la pâle mort, que le patron de la barque, trompé par ma mise, me dit d'un ton triomphant :

» — Ah ça, bourgeois, nous venons de vous parer une fameuse coque ; ce n'est pas pour nous vanter, da ! mais j'espère *ben* que vous me ferez voir votre générosité, *si vous l'êtes !*

» Je me ressouvins aussitôt avec terreur du jeune marin qui m'avait mis dans ma piteuse situation. En vérité, si l'eau de mer était potable, je me serais spontanément élancé dans les bras d'Amphitrite, pour échapper par le trépas à mon exécrable pêcheur normand. Je crois le voir encore, son bonnet à la main, avec ses petits yeux brillants et ses dents pointues.

» J'étais naïf, alors, comme au sortir de l'enfance ; et la vérité, la stupide vérité, sortit innocemment de mes lèvres :

» — Hélas ! lui dis-je, je n'ai pas le sou !...

» A ces mots, les figures de mes sauveteurs se rembrunirent, et le nom maudit qui m'accompagnait partout frappa de nouveau mon ouïe :

» — A-t-on jamais vu, disait l'un, un cornichon de *Parisien* comme ça qui ne sait pas que la mer monte !

» — Avec ses beaux habits de drap fin, disait un autre, il n'a pas seulement de quoi payer la goutte.

» — J'aurais mieux aimé avoir pêché un machoirau, une sardine, une morgate, n'importe quoi!

» — Un Parisien! jolie sorte de bétail!

» Ils me jetèrent à terre comme un paquet; mais par hasard le commissaire de l'inscription maritime se trouvait sur le quai quand nous abordâmes.

» — Eh bien, demanda-t-il au patron, vous venez encore de sauver un homme?...

» — Ne m'en parlez pas, commissaire, c'était un Parisien rafalé. On ne voit plus que ça au Havre; maintenant, il n'y a quasiment pas de chance. Quand on sauve le monde, c'est par habitude et pour l'amour de Dieu!...

» — Allons! allons! mon brave, dit le commissaire, ne vous désolez pas... C'est le sixième de la saison, je crois; j'en tiens note, et vous n'aurez pas à vous plaindre de moi, un de ces jours...

» — Merci, mon commissaire, répondit le patron en débordant; mais, sauf votre respect, celui-ci est *ben* le septième, si vous n'avez pas oublié le gros mylord de la semaine passée, en mettant qu'un Anglais compte pour un homme.

» — Mais ce mylord-là vous a payé, je suppose, cria le commissaire.

» — Oui, et pas trop mal! répliqua le patron.

» Alors le commissaire se tourna de mon côté, et me pria très-honnêtement de lui raconter comment la chose s'était passée.

» Les marins des classes, les vrais gens de mer, les *matelots,* comme ils se nomment entre eux avec tant d'orgueil, sont d'une révoltante injustice envers les officiers de l'administration de la marine. Il faut qu'un fourrier impartial prenne ici la parole. Depuis que je suis au service, j'ai eu mille fois à me plaindre des officiers de vaisseau, qui nous manquent d'égards à chaque instant; mais je n'ai eu qu'à me louer des commissaires, avec lesquels j'ai cependant eu des rapports continuels.

» Celui du Havre était bien le plus charmant homme qu'on ait jamais vu. Il s'intéressa au récit de mes malheurs, et quand il sut que ma vocation m'avait conduit au bord des mers pour m'y embarquer, il se chargea de mon affaire.

» Qui saurait dire ce que je serais devenu sans la rencontre fortuite de ce bienfaiteur?... Où m'eût entraîné mon aventureuse destinée, ma mauvaise fortune?

» Le désespoir fit place à l'espérance.

» Trois jours après, chère Angélina, je partais pour Brest avec une feuille de route, ma *conduite* et ma montre que j'avais eu soin de dégager du mont-de-piété, dès que j'eus touché cette bienheureuse allocation. »

. . . . . . . . . . . . . . . . . .

Ici se termine la première partie des mémoires authentiques de Jean-Baptiste Lavertu, type, prototype et archi-type de l'enrôlé volontaire.

La deuxième est l'histoire fort détaillée de ses débuts dans les équipages de ligne. — Après avoir consacré un long chapitre à son voyage par terre du Havre à Brest, voyage pittoresque et rempli d'épisodes, il entre enfin dans le port de guerre.

Là, muni d'une lettre de recommandation du commissaire du Havre, grâce aux secours et aux conseils du respectable administrateur, notre étourdi n'éprouve aucune difficulté à se faire admettre comme apprenti marin.

Son avenir est dans sa belle écriture; c'est à son aptitude particulière pour l'anglaise, la ronde et la coulée que Jean-Baptiste dut de devenir, non sans péripéties, fourrier de la 103e permanente.

Dans un style des plus fleuris — on le connaît déjà — Lavertu démontre qu'il n'est pas aussi facile qu'on le pense de s'enrôler dans la marine, surtout à l'âge de dix-huit ans. Il raconte ensuite son arrivée au quartier des équipages de ligne, son habillement et son équipement. Le jeune apprenti marin connaît le précepte classique et sait passer du grave au doux. En prose badine et légère, il se rit de ses naïvetés de débutant, parle de quelques farces qu'on lui fit, mais n'avoue point sans amertume que le lieutenant de vaisseau, capitaine de sa compagnie, le traita encore de *Parisien*.

Le découragement produit par cette épithète se traduit en une élégie lamentable. L'on voit qu'il a eu le mal du pays. Le régime de la caserne, les exercices du fusil, du canon, des avirons et des voiles, augmentent encore son mal. Il regrette de plus en plus les haricots de Soissons paternels, surtout lorsqu'il les compare aux durs et maigres fayots secs de la marine.

Cependant, il espère encore quelque chose de la navigation hauturière. Mais, sur les entrefaites, il fait connaissance de plusieurs Parisiens de sa trempe qui, ayant déjà embarqué, sont désillusionnés complétement. Il apprend avec douleur qu'en pays étranger un matelot ne met presque jamais pied à terre. — Hélas! hélas! il est engagé, il ne pourrait être congédié qu'en achetant un remplaçant, et il sait trop bien que le père Lavertu ne consentira jamais à payer si chèrement les sottises de monsieur son fils. Tout à coup, par un heureux hasard, le capitaine de la compagnie s'aperçoit que Jean-Baptiste a une magnifique écriture.

« Cette découverte me sauva! s'écrie Lavertu ; j'étais déjà rompu au service, j'enviais le sort des fourriers ; immédiatement, je fus appelé à partager leurs travaux. Dès lors, je me vis exempt des corvées les plus pénibles ; et m'étant lié avec un Lyonnais qui faisait des vers très-agréablement, je rivalisai avec lui. Chaque soir, avant le roulement des chandelles, nous lisions ensemble les poëtes modernes, ce qui acheva de me former le goût. »

Nous omettons ici une digression critique, véritable cours de littérature à l'usage des fourriers présents et à venir. C'est bien à contre-cœur, mais de graves événements nous pressent.

Il y avait environ dix-huit mois que Lavertu était caserné à Brest, un an qu'il travaillait avec les fourriers dans les bureaux de la division des équipages de ligne, lorsqu'une troupe nombreuse de recrues arriva au quartier.

Le Lyonnais et Lavertu, désormais inséparables, se rendent sur la place pour voir les nouveaux venus ; mais à peine notre héros a-t-il aperçu la troupe, qu'il reconnaît au premier rang son *jeune marin* du Havre.

« — Voilà, dit-il au Lyonnais, voilà celui qui, abusant de mon inexpérience, a été l'origine de mes infortunes. S'il ne m'avait pas mangé mes trente écus, j'aurais pu juger de la marine au Havre et rentrer ensuite sous le toit paternel comme l'enfant prodigue de l'Écriture ; mais, dénué de toutes ressources, sans montre, presque sans effets, je dus m'estimer heureux d'accepter la protection providentielle du commissaire des classes.

» — Le fait est, dit le Lyonnais, que si le sort ne m'avait pas jeté dans les équipages de ligne, je ne m'y serais pas engagé volontairement.

» — Voilà mon oiseau de malheur ! reprit Lavertu; à sa seule vue, je me sens ivre de fureur. Je veux qu'il me rende raison de la manière dont il a abusé de moi. Si vous aviez entendu, mon cher Lyonnais, comme il me vantait les charmes de la navigation !

» — Doucement, Lavertu ; votre jeune marin a vingt-six ou vingt-sept ans, vous n'en avez guère que dix-neuf. Savez-vous faire des armes ?

» — Mon Dieu, non !

» — Prudence donc, mon ami, et pas de querelles avant que nous ayons pris nos informations. »

Le Lyonnais entraîne Lavertu dans les bureaux, s'informe du nom du jeune marin et apprend qu'il s'appelle Justin Gâtechair, qu'il est remplaçant et bon tireur au fleuret ainsi qu'à l'espadon.

» — Voyez, mon ami, à quoi vous vous exposeriez, si vous vous frottiez à Gâtechair. Il est prévôt. Faites semblant de ne point le reconnaître. »

Dès le lendemain, Jean-Baptiste, pénétré de l'utilité de l'escrime, va trouver le maître d'armes des équipages, et moyennant une légère retenue sur sa solde, prend deux leçons par jour. Il était souple, agile, nerveux, et animé du violent désir de punir Gâtechair. Trois mois de salle l'enhardirent. Il jugea nécessaire d'acquérir en outre quelques notions du maniement du sabre. — Après quoi, ne se contenant plus, il pria le Lyonnais de vouloir bien être son témoin. Le Lyonnais accepta.

Arrivé à ce passage de ses mémoires, le téméraire Lavertu se livre à une violente diatribe contre les remplaçants : Français indignes, rebuts des armées de terre et de mer, *chiens vendus*, misérables esclaves que l'appât d'un vil salaire conduit sous les glorieux drapeaux de la patrie, etc., etc.

La passion emporte Jean-Baptiste jusqu'à la plus injuste fureur, mais il faut reconnaître que cette fureur est d'une éloquence admirable. Il s'emporte, il cite les mercenaires carthaginois, et pourtant il n'avait pas encore lu *Salammbô*.

Après quoi, le véhément enrôlé de Soissons, qui prétend faire un récit dramatique, passe à un autre chapitre, qu'il intitule *le Duel* et qu'il orne de cette épigraphe :

> Je suis jeune, il est vrai, mais aux âmes bien nées,
> La valeur n'attend pas le nombre des années!...

Depuis que Justin Gâtechair, le remplaçant, était arrivé au quartier de la Marine, Jean-Baptiste Lavertu le rencontrait presque tous les jours et principalement à la salle d'armes, où la qualité de prévôt d'escrime breveté conduisait souvent le prétendu jeune marin. De part ni d'autre on ne semblait se reconnaître. Gâtechair pensa sans doute que Lavertu ne songeait plus à lui, et se crut suffisamment déguisé par son nouveau costume et par son vrai nom, que n'avait jamais su l'enrôlé volontaire. Gâtechair, mal noté au corps par sa qualité de remplaçant et par une vieille réputation d'indiscipliné, tenait singulièrement — on va dire pourquoi — à se bien conduire ; par conséquent, il évitait toute occasion de bataille.

Lavertu, dans la partie de ses mémoires qui nous guident, raconte fort au long les antécédents du remplaçant Gâtechair.

Fils d'un maître d'escrime de Mézières, Justin Gâtechair avait déserté la maison paternelle de très-bonne heure pour s'affilier à une troupe de contrebandiers. Pris et jeté en prison au delà des frontières, il fut bientôt relâché eu égard à son jeune âge, mais ne pensa pas même à retourner au logis paternel. Il vécut donc à l'aventure, de toutes sortes de petites industries, jusqu'à ce qu'arrêté comme vagabond, il fut ramené de brigade en brigade chez son père le maître d'armes, qui, pour se débarrasser à jamais de lui, le força de s'engager dans l'infanterie de marine. Justin Gâtechair partit pour les colonies, ce qui le conduisit bientôt dans une compagnie de discipline, d'où il sortit après avoir subi sa condamnation. Lorsqu'il rentra dans l'infanterie de marine, on faisait de grands armements, et l'on favorisait par une prime les soldats qui s'incorporaient dans les équipages. Gâtechair, déjà disposé à se vendre, se présenta au capitaine de recrutement et passa dans les apprentis marins. En cette qualité, il fit bien véritablement deux campagnes de mer, déserta à Montevideo, fut repris, reçut douze coups de corde et revint en France, où l'équipage fut licencié. C'est alors qu'il se fixa pour quelque temps au Havre, où il exploita la crédulité de tous les fils de famille qui lui tombèrent sous la main. Enfin, à bout de ressources, il alla trouver un *marchand d'hommes*, remplaça un conscrit qui devait être envoyé dans les équipages, et fut dirigé sur Brest.

Ainsi entra, ou plutôt rentra dans la marine Justin Gâtechair dont l'histoire est, à peu de variantes près, celle des quatre vingt-dix-neuf centièmes des remplaçants. — Sauf le cas très-rare où le remplaçant a un mobile généreux, il a déjà servi, mérité des punitions graves, et quitté le métier avec de détestables notes.

Gâtechair, à Brest, joua de malheur ; le capitaine de la 60e compagnie, où il fut incorporé, le connaissait de longue date et lui tint à peu près ce langage :

— Ah ! c'est toi, mauvaise pratique ! Regarde-moi bien, et écoute-moi de même !...

— J'écoute, mon capitaine, répondit militairement Justin Gâtechair.

— Tu es un bandit, un ivrogne, un duelliste et un vaurien capable de porter le trouble dans ma compagnie. Cependant je veux bien oublier le passé. On te traitera aussi bien qu'un autre, quoique tu ne sois qu'*un chien qui a vendu sa peau*. Mais à la première faute, tu es un homme perdu; tous les sous-officiers seront à tes trousses, on t'appuyera la chasse du matin au soir, et je trouverai vivement le moyen de me débarrasser de toi, quand il faudrait te faire fusiller.

Gâtechair balbutia une réponse inintelligible.

— Pas un mot, mon garçon, poursuivit le capitaine; seulement, à ton choix, vois-tu, la paix ou la guerre. Tiens-toi bien, donne l'exemple de la bonne conduite, tu n'auras à te plaindre de personne. Fais tes farces, enivre-toi, débauche mes jeunes gens, recommence ta vie d'autrefois, et je te mènerai loin, je t'en réponds! Est-ce bien entendu?

— Oui, mon capitaine.

— Alors, va-t-en!

— Diable! pensa Gâtechair, le capitaine ne plaisante pas. Il faut être vertueux.

Voilà pourquoi le remplaçant, quoique prévôt d'escrime, se garda bien de chercher chicane à qui ce fût; voilà pourquoi, au lieu de gouailler Jean-Baptiste, il fit semblant de n'avoir jamais rien eu de commun avec lui. Malheureusement, le futur fourrier brûlait d'en venir aux mains.

Une circonstance de force majeure hâta le moment : la 60• permanente, dont Gâtechair faisait partie, reçut ordre d'embarquer sur la frégate *l'Introuvable*, destinée à tenir la station des mers du Sud.

— Je ne veux point qu'il parte sans m'être mesuré avec lui, dit l'opiniâtre Lavertu ; ainsi, Lyonnais, viens avec moi à la salle d'armes ; je sais qu'il y est.

En effet, Gâtechair était parmi les spectateurs lorsqu'entrèrent les deux apprentis marins. Jean-Baptiste avait pris une dose de courage et deux doses d'eau-de-vie ; il alla se planter juste en face du remplaçant et entama la conversation :

— Camarade, voici quelques mois que je me demande si nous ne nous sommes pas vus ailleurs.

— Ça se pourrait bien, dit Gâtechair avec indifférence.

— Et ce qui se pourrait encore, reprit Lavertu sur un ton assez haut, c'est que ce fût au Havre.

— Je n'ai pas de souvenance de la chose.

— Vous vous disiez *jeune marin* des classes.

— Non ! pas possible !...

— Eh bien, je dis que ça est ! vous prétendiez alors vous appeler Lubin.

— Vous me donnez un démenti ?

— J'énonce un fait positif.

— Ah çà! s'écria Gâtechair impatienté, aurez-vous bientôt fini, espèce de *Parisien?*...

— Vous m'insultez, *chien vendu* que vous êtes!

A cette épithète de chien vendu que Gâtechair pouvait bien supporter de la part de son rigide capitaine, mais non de tout autre, le prévôt oublia tous les avertissements, se redressa, étendit une main vigoureuse et l'appliqua sur la joue de Jean-Baptiste Lavertu.

— Très-bien! dit l'audacieux enfant de Soissons; vous m'avez injurié le premier en me traitant de *Parisien;* vous m'avez frappé au visage, à moi le choix des armes.

— Je t'embrocherai, comme il n'y a qu'un soleil, gamin de deux liards!

— Silence! que personne ne sorte! nous sommes tous des Frrrrrançais! s'écria le maître d'escrime en abaissant le fleuret de son élève. Je crois avoir entendu quelque chose comme un soufflet.

— C'est moi qui l'ai donné, dit Gâtechair.

— C'est moi qui l'ai reçu, ajouta Lavertu, et j'en demande raison.

— A merveille, mes enfants, reprit le maître d'escrime qui cûmulait avec son art la position officielle de tambour-major du dépôt des équipages; ce soir, après l'exercice, trouvons-nous dans les fossés du fort des

Fédérés, chacun avec son témoin... C'est au fleuret, pas vrai, Lavertu?...

— Au fleuret, répéta l'enrôlé volontaire.

— Je me charge de vous fournir les armes, dit le tambour-major.

Lavertu et le Lyonnais sortirent fièrement.

Gâtechair pensif se disait avec amertume :

— J'ai beau vouloir me bien conduire, me voilà pris !... Sauvage que je suis, au lieu de lui ficher une claque, j'aurais dû lui faire des excuses pour l'affaire du Havre !... Un prévôt pourtant !... Un remplaçant militaire, ce qu'il y a de pis!... Si j'avais reculé, chacun, jusqu'au dernier mousse, se croirait le droit de m'appeler *chien vendu!*... Mais le capitaine! aïe !... aïe ! aïe !... Ah bah !... En route !...

Immédiatement après l'exercice, le Lyonnais et Lavertu d'une part, de l'autre Gâtechair et Beaucrâne, remplaçant et musicien, son témoin, et enfin le tambour-major se rendent, par des chemins différents au fort des Fédérés. — Le maître d'escrime sort une paire de fleurets démouchetés de dessous sa redingote, fait un petit discours approprié à la circonstance et reste juge des coups. — On s'aligne. — Lavertu a merveilleusement profité de ses trois ou quatre mois de salle, Gâtechair essaye en vain de le désarmer. Le prévôt rompt devant son adversaire qui se tient en garde de manière à charmer le professeur d'escrime. Toutes les feintes sont déjouées. Enfin, las de chercher des biais inutiles, Gâtechair surexcité par le cliquetis des lames, cesse de reculer. Lavertu ne recule pas non plus. La partie s'engage sérieusement.

— Très-bien! murmure dans sa moustache le tambour-major enchanté.

Le Lyonnais tremblait de tous ses membres. Beaucrâne sifflait. Les fleurets se frottaient dans toute leur longueur. Lavertu prompt à la parade, ne se découvre pas d'une ligne; Gâtechair, irrité d'une lutte si opiniâtre s'emporte, se fend, pousse un cri, et tombe, après avoir effleuré légèrement l'épaule de l'apprenti marin victorieux.

Le tambour-major embrasse son digne élève; Beaucrâne et le Lyonnais emportent à l'hôpital Gâtechair, qui n'est plus capable de suivre sa compagnie lorsqu'elle partira sur l'*Introuvable*.

Le récit de ce duel dans les mémoires originaux occupe vingt grandes pages émaillées de discours homériques. Gâtechair y tient des propos qu'Ajax n'eût pas reniés; Lavertu y fait le rôle d'Achille; le Lyonnais est Patrocle; Beaucrâne rappelle Ulysse, et le tambour-major, maître d'escrime, est semblable au sage Nestor.

Quinze jours de salle de police sont suivis, pour Lavertu, d'un véritable triomphe. Le capitaine de la soixantième, ravi d'être délivré de Gâtechair, fait donner à Lavertu la place que le prévôt a laissée vacante dans sa compagnie en entrant à l'hôpital.

C'est ainsi que le jeune enrôlé volontaire, déjà scribe, soldat passable et renommé d'emblée bon tireur, embarqua, pour la première fois, à bord de la frégate l'*Introuvable*, en partance pour les mers du Sud.

Ce premier embarquement, la description de l'armement, celle de l'appareillage et de touchants adieux au Lyonnais en prose et en vers, terminent admirablement la deuxième partie des Mémoires de notre enrôlé modèle.

La troisième porte pour titre, non moins piquant qu'ingénieux : *Campagne de l'Introuvable dans l'Occident.*

Lavertu fut ravi de l'avoir trouvé.

La troisième partie des Mémoires est entièrement consacrée à la campagne des mers du Sud. Elle nous montre le jeune Soissonnais s'amarinant peu à peu. Il est timonnier, secrétaire du fourrier de sa compagnie, et protégé par son capitaine.

On a cessé de l'appeler *Parisien*.

Ses vers ont du succès sur le gaillard d'arrière parmi les timonniers et pilotins. Ses chansons obtiennent la faveur du gaillard d'avant. Le capitaine d'armes l'estime pour sa bonne tenue militaire, le commissaire pour sa belle écriture, le chef de timonnerie pour ses talents d'agrément et son style fleuri.

Jean-Baptiste devient bientôt secrétaire de l'officier en second de la frégate, ce qui lui donne le privilége d'avoir dans le faux-pont, auprès de la cale au vin, un méchant bureau en sapin blanchi, meuble précieux qui fera ses délices.

Il écrit à sa famille une lettre datée de l'île de Madère.

Au passage de la Ligne, les anciens, au lieu de le traiter en novice, lui décernent d'une commune voix le rôle du curé ; il s'en acquitte à la satisfaction générale.

Son poste de secrétaire intime de l'officier en second lui procure mille petites douceurs. Il descend à terre assez souvent pour faire des observations sur les mœurs des Brésiliens, des Chiliens et des Péruviens.

Il passe, au bout d'un an, matelot de troisième classe et se voit porté à la paie de 24 fr. par mois ; mais il a le chagrin de ne toucher qu'un mois d'appointements sur quatre ; le reste ne sera lui compté qu'au retour en France.

Il devient excellent nageur, se distingue au tir à la cible, continue à faire de remarquables progrès au sabre, à l'espadon et au bâton. Il est élu prévôt par l'assemblée des maîtres d'armes du bord ; ce qui lui coûte douze francs dépensés en un repas qu'il leur donne avec l'autorisation du lieutenant.

Après le repas, *il y a du train,* tous les convives sont mis aux fers. Lavertu, dans les fers, compose une ode qui arrache des larmes aux plus farouches.

Peu de temps après, un matelot baleinier, coupable d'actes d'indiscipline très-graves, est traduit par son capitaine devant le conseil des officiers de la frégate l'*Introuvable*, stationnée alors à Valparaiso. L'accusé cherche un défenseur officieux ; Lavertu, qui lui est indiqué, accepte la mission délicate de porter la parole en sa faveur.

Le plaidoyer qu'il prononce excite l'admiration des équipages de la frégate et du trois-mâts baleinier; les juges sont obligés de se mordre les lèvres jusqu'au sang afin de garder le sérieux qui convient à l'administration de la justice.

Lavertu nous a conservé cette pièce à jamais précieuse, dont nous ne pouvons, hélas! citer que l'exorde suivant :

« Monsieur le président, messieurs les juges,

» Le grave et cruel motif qui vous rassemble en ce
» lieu vient de changer subitement vos caractères offi-
» ciels et de modifier votre essence, pour ainsi dire!
» Vous n'êtes plus dans ce sanctuaire redoutable les

» glorieux champions de Mars et de Bellone sur l'em-
» pire orageux de Neptune; vous n'êtes plus seule-
» ment des guerriers sans peur et sans reproche, vous
» êtes des juges, messieurs, des juges !... grand mot
» qui impose des devoirs, trois fois... que dis-je ?
» mille fois saints !

» Et moi, moi-même, que suis-je en votre présence?
» un simple matelot ? — non ! Un nourrisson des
» muses ? — non ? Un simple concitoyen ?... Eh non !
» non ! non !... toujours non !... Je suis ici l'avocat, le
» défenseur de la veuve et de l'orphelin, la voix de
» l'opprimé, voix, messieurs les juges, qui ne s'élè-
» vera pas dans le désert, comme il est dit dans
» l'Écriture.

» Et cet accusé, ce captif traîné à vos pieds, libre et
» sans fers, il est vrai, — qu'est-il maintenant ? —
» C'est, messieurs, mon fils ! mon fils adoptif, le sang
» de mon sang, l'os de mes os dont je dois protéger
» les droits avec la sollicitude d'une mère dévouée.

» Enfin, illustres délégués de Thémis, dépositaires
» de la balance d'Astrée, Lavertu se trouve aujour-
» d'hui sur l'*Introuvable* pour y plaider, devant votre
» auguste tribunal, la cause sacrée de l'innocence. »

Le reste du discours se trouvera quelque jour, nous l'espérons, dans les mémoires imprimés de Jean-Baptiste Lavertu. Bornons-nous à dire ici que ses succès oratoires n'empêchèrent pas son client de recevoir, une demi-heure après, trois coups de cale, et d'achever la campagne à bord de la frégate l'*Introuvable*.

Dans le quatorzième chapitre de sa troisième partie qui n'en compte pas moins de trente, Lavertu nous apprend : — comment Jean Bridaine, fourrier de la 103e permanente, qui était embarquée sur l'*Introuvable* avec la 60e, mourut à la mer; comment le cadavre du défunt fut précipité dans les flots ; et comment lui, Lavertu, fut choisi entre tous les fils de famille du bord pour recueillir l'héritage de son poste.

Fourrier postiche d'abord, Lavertu fut nommé fourrier en titre quelques mois après et matelot de 2e classe presque en même temps. Mais il n'en continua pas moins de remplir les fonctions de secrétaire du lieutenant en pied jusqu'au jour du désarmement de l'*Introuvable*, à Brest.

Quand la frégate fut rendue au port, et que la 103e rentra au quartier de la marine, Lavertu sollicita et obtint un congé de semestre.

Son voyage, son retour dans sa famille, les pleurs de joie de sa sœur Angélina, les émotions paternelles et filiales des Lavertu père et fils, quelques aventures terrestres, et surtout un amour pur et candide pour

Mlle Aménaïde Saladier, *qu'il adore à jamais,* remplissent, depuis la première jusqu'à la dernière ligne, la quatrième partie intitulée *Soissons.*

Les fleurs poétiques, semées par l'élégant fourrier sous les pas de sa seconde muse bien-aimée, Aménaïde, ont fourni plus de cinquante feuillets à ce passage intime et terrestre de ses mémoires.

L'auteur, son congé fini, dut retourner à Brest, où la 103e compagnie, placée sous les ordres du lieutenant de vaisseau Brindelles et de l'enseigne d'Orneuil, fut embarquée sur une gabare pour se rendre à Toulon ; ce qui permit à Lavertu de rédiger les impressions de voyage d'un fourrier passager.

A peine arrivée à Toulon, la 103e compagnie fut désignée pour faire partie de l'équipage du vaisseau l'*Anonyme.*

Lavertu a décrit en termes déjà techniques, bien que toujours fleuris, l'armement d'un majestueux vaisseau de haut bord ; mais ces détails maritimes ne lui firent pas négliger la véritable poésie, celle qui part du cœur. Aussi a-t-il dépeint la ville et le port de Toulon au point de vue d'un fourrier de Soissons amoureux dans sa patrie, la mise en rade et le séjour à l'ancre, avec une verve larmoyante qui arracherait des pleurs à un Justin Gâtechair.

L'*Anonyme* appareille pour Smyrne. Jean-Baptiste avait rédigé la campagne de l'*Introuvable dans l'Occi-*

*dent;* il eut le bonheur de trouver un de ces titres qui font bien comme contraste ; et se souvenant que l'*Anonyme* avait été construit à Rochefort, il mit de sa plus belle écriture sur la première page de son registre :

*Campagne d'un vaisseau ponantais dans le Levant.*

Il regrettait pourtant que le vaisseau ne s'appelât point *Vesper;* le contraste eût été plus littéraire et plus complet, mais, dans une remarquable préface, Lavertu démontra savamment que les héros anonymes sont assez nombreux pour suffire à toutes les gloires des trente-deux aires de vent.

Après ce chef-d'œuvre de littérature historique, un regrettable désordre règne dans les mémoires de Jean-Baptiste Lavertu.

Trop occupé de ses devoirs de comptable et de son ardent amour pour Aménaïde Saladier, le fourrier de la 103e n'eut pas le temps d'en rédiger la suite dans ce style qui fera l'admiration des générations à venir. Il se borna provisoirement à jeter çà et là quelques notes sur un cahier brouillon intitulé *Pensées diverses.*

Il ne voulait transporter ces documents mal dégrossis sur son charmant registre cartonné qu'après les avoir polis et repolis.

A chaque page des *Pensées diverses,* nous trouvons le nom charmant d'Aménaïde Saladier, des chiffres où un A, un J et un B sont entrelacés de mille manières, des cœurs percés d'une flèche, des dates significatives sans doute, mais pleines de mystères, quelques autres plus intelligibles ; — feuilletons :

» Ce 19 juillet — Le commandant Vaumorin est monté à bord pour la première fois. On en dit généralement plus de bien que de mal.

» Ce 22 idem. —

> Aménaïde, Aménaïde !
> Je suis sur la plaine liquide,
> Toi dans les plaines de Soissons
> Dont les haricots sont moins bons
> Que ton bleu regard n'est limpide,
> Aménaïde.

» 6 mai !... — Hélas !... hélas !...

» 1er août. — Nous ferons des vivres lundi 9 et nous appareillerons pour le Levant la semaine prochaine, — dit-on !... mais, comme s'écrie un maître :

> « Les destins et les flots sont changeants. »

» 3 août !... — Déjà six mois d'absence et de séparation, ô Aménaïde !... car ce fut le 3 février, cher objet de mes pensées, que je partis de Soissons par la diligence... Dans six jours, je quitterai la France, et la même terre ne sera plus foulée par nos plantes des pieds, mais nous respirerons la même atmosphère.

» 5 août !... — La campagne s'annoncerait assez bien si M. Mal... n'était à bord ! Quel vilain coco d'officier!... Heureusement, je suis le fourrier du capitaine Brindelles et non le sien.

SOUPIRS DU BORD. — (*Encore le 5 août.*)

Angélina, ma sœur!
Et vous, Aménaïde,
Chrysalide,
Chrysalide de mon cœur,
Écoutez, dans mon délire,
De ma lyre,
Le chant triste à faire peur!
C'est un fourrier marin qui parle ce langage,
Sinon à votre ouïe au moins à votre image.

» Toulon, toujours Toulon, le 9 août.

» Le 10. — O Malour!... que je te hais!

» RIMES A AMÉNAÏDE. — Livide, rapide, Alcide, vide, zone torride (fameux!), ride, homicide, stupide...

» Animal de M. Malouret!... Malouret en toutes lettres... et en grosses lettres : MALOURET... c'est mon cauchemar!...

» Le 23. — Ah! décidément, il y a du nouveau. On fait de l'eau et des vivres; on met la comptabilité en règle; mais qu'ai-je aperçu ce matin à bord? — Une figure qui ressemble terriblement à maître Justin Gâte-chair, le vil remplaçant... Halte-là! certes!... Hé! hé! je suis fourrier maintenant!... combien un tel homme est au-dessous de moi! »

Après cette dernière *pensée*, fermons le cahier de Jean-Baptiste Lavertu; ne nous suffit-il donc pas de savoir que l'*Anonyme* ne tardera point à mettre sous voiles pour le Levant?

Mais, depuis lors, on a vu ou pu voir Jean-Baptiste Lavertu revenir des mers du Sud à bord de la frégate la *Vestale*. Que conclure de cela, sinon qu'après avoir visité l'Orient, le glorieux enrôlé volontaire, dont les sept années d'engagement n'étaient point expirées, alla revisiter l'Occident.

Il continua d'être fourrier et poëte, mais au bout de ses sept ans, il finit par aller retrouver son vertueux père, sa sœur Angélina, douce fleur printanière, mère de quatre gros garçons, et la sensible Aménaïde Saladier avec laquelle il compte bien désormais se reposer sous ses lauriers maritimes, tout en faisant le commerce en gros des haricots de Soissons.

Il aspire à la fourniture de la marine, et s'occupe à ses moments perdus de remanier ses mémoires dont est extrait l'épisode suivant, écrit par le sage fourrier en l'an de tempêtes politiques : 1848.

# CANDIDE PISTOLET

OU

# LA RÉPUBLIQUE A BORD

---

## I

### LE CAFÉ DES NAVIGATEURS.

Une triple rangée de tables couvertes en toile cirée, — un comptoir façon acajou adossé à une glace que rehaussent des draperies rouges, et où siégent alternativement les membres de la famille Barbejeu, issue du vénérable Marius Barbejeu, ancien maître canonnier du vaisseau *le Conquérant*, — non loin du comptoir, une estrade qui sert de théâtre aux chanteurs et chanteuses attachés à l'établissement, — le tout illuminé par des becs de gaz, car ce luxe d'éclairage a pénétré depuis quelques années dans la cité de Toulon, — tel est, en gros, l'aspect du café des Navigateurs, situé sur le quai entre la Patache et la Consigne, c'est-à-dire en face du point où accostent les embarcations des bâtiments de guerre.

Le café des Américains, le café de la Victoire, le café Maritime, et vingt autres non moins célèbres, font concurrence avec des draperies jaunes ou bleues, roses ou oranges, à l'historique demeure du citoyen Marius Barbejeu.

Les lecteurs des *Quarts de nuit*[1] savent que le cabaret et le vin de Provence ont été détrônés comme de simples rois constitutionnels, pour avoir exercé jadis un empire trop absolu. La génération moderne de nos matelots préfère le café, savoure la demi-tasse et le petit verre de doux ou de sec, goûte les chants des sirènes à ceintures et marabouts tricolores, des grenadiers de la vieille garde et des paillasses ou bobèches, qui les initient, à tour de rôle, à la romance sentimentale, à la cantate guerrière et à la gaudriole nationale. Le litre et la chanson entonnée par les bu-

[1] Le fourrier Jean-Baptiste Lavertu prouve ici qu'il a lu avec fruit nos QUARTS DE NUIT, contes et causeries, où sont décrits *les cafés maritimes* de Toulon ; mille remercîments à notre fidèle lecteur. (*Note de l'auteur reconnaissant.*)

veurs eux-mêmes, sont choses antiques, classiques, rococotes et ailes de pigeon, d'un méprisable ancien régime.

Le café des Navigateurs regorge d'habitués, ouvriers de l'arsenal, artilleurs de marine, ou marins de la division mouillée en rade.

Le chœur des sirènes et des grenadiers de la vieille vient d'exécuter à grand orchestre *la Marseillaise* ou le chant des *Girondins*. Mina Turlutine fait la quête de rigueur, — c'est le cas de causer un peu.

— Garçon! du feu, du rhum et du parfait amour.

A la table la plus rapprochée du comptoir, se trouvent assis Bancrot, Fioriston et Jean Jagut, trio de gabiers du ci-devant *Diadème*, et leur ancien camarade Trouillard, qui arrive de Taïti, depuis un quart-d'heure, à bord de la corvette *la Baucis*.

— Ah çà, mes vieux, où en sommes-nous, s'il vous plaît? On nous a dit, en venant au mouillage, qu'il y a eu le tremblement et le chavirement à Paris, l'autre mois, – que le roi et toute sa boutique sont fichus par-dessus le bord, — et qu'il y a en place la République?... connais pas!... A notre bord, maître Michel, entendant la nouvelle, a manqué d'avaler sa chique : — « Ah! tonnerre d'un banian de sort, dit-il, la République, connu! J'ai encore mon décompte de l'an VII à la traîne depuis le temps que j'étais novice, et mes économies de campagne sont bien de deux cent cinquante piastres qu'on ne me payera pas ou qu'on me payera en papier bon à rien !...» Il marronne encore; moi, je suis du canot du capitaine, qui descend à terre, et s'en va chez le préfet...— Bon! j'ai le temps d'entrer au café des Navigateurs ! je vas savoir ce que c'est que la République... »

— Trouillard, mon petit, interrompt Bancrot du ci-devant *Diadème*, ton maître Michel est un vieux caïman, tu lui diras : Brosse et sac à brosse de ma part...

— Plus souvent! Maître Michel ne vous manque pas quand on lui manque, et notre capitaine est un dur...

— Il n'y a plus de durs; j'en ai vu de plus pires que ton capitaine, qui ont passé moutons, et bien contents encore!... Nous sommes tous frères et bons enfants. Ceux qui font la mine, on leur casse la gueule... ni plus, ni moins!...

— Si ton maître Michel fait sa tête, dit Floriston, envoie-le se coucher et vivement, nous sommes tous égaux; il n'y a plus de maîtres!...

— Et si ton capitaine ne sait pas la musique, ajoute Jean Jagut, je vas t'apprendre la chanson pour le faire danser : *Vive la République!*... vu que nous sommes libres, mon agneau.

— Si vous parlez tous les trois ensemble, je ne serai jamais fichu d'y entendre goutte...

— Silence, vous autres, s'écria Bancrot, nous avons tous raison, et lui n'a pas tort; — je vas te filer la chose dans le pertuis de l'oreille. Voilà! Le peuple, c'est lui, c'est toi, c'est moi, qu'a passé roi en mettant l'autre en route, sac au dos, la canne à la main, avec permission de ne jamais revenir, hormis qu'il veuille se faire déralinguer un peu soigneusement, pas vrai? Nous voici donc rois, comme le premier venu... On s'appelle citoyen, façon de dire Votre Majesté, c'est la dernière mode. La République, d'abord, a pour consigne générale : Liberté, Égalité, Fraternité. — Faut bien t'expliquer ça; une fois qu'on connaît sa consigne, le reste navigue tout seul. La liberté, c'est d'être libre en particulier, généralement, comme un négociant; celui qui est libre fait ce qui lui plaît, il travaille si l'envie lui en prend; s'il aime mieux s'amuser, il s'amuse. Nous trois, depuis quinze jours. nous ne retournons plus à bord du vaisseau; tant que j'aurai de quoi, je reste à terre; quand je n'en aurai plus, j'irai réclamer ma ration, mon hamac et ma paye. La République paye recta, et ton maître Michel est un vieux rêveur avec son décompte de l'an VII. Et d'un!... L'égalité, c'est encore plus agréable que la liberté; tous les républicains sont égaux, nous n'avons d'ordres à recevoir de personne, un amiral c'est mon égal à moi; aussi j'ai fiché une roulée à ce fichu mousse de Gazette, qui me disait ce matin : « Non, tu n'es pas l'égal de l'amiral, puisqu'il te commande et que tu ne lui commandes pas. » Un mousse qui veut en savoir plus qu'un gabier, et qui vous manque de respect! — « Pour lors, dit-il, je suis ton égal aussi, à toi, Bancrot? » — « Tu es un mousse, et moi un homme; si tu me tutoies, je te démolis. » En même temps, je lui ai envoyé une leçon d'égalité plus bas que son paletot...

— Pourtant, objecta Trouillard qui arrivait de Taïti, — cette circonstance atténuante sera son excuse, — m'est avis que Gazette n'avait pas tout à fait tort.

— Trouillard!... reprit Bancrot d'un ton de supériorité, tu parles sans raison. — Tu demandes la connaissance de la République, je te l'explique par le fin du fin, et tu n'attends pas que j'aie achevé...

— C'est vrai, — attends!... espère!... s'écrièrent à la fois Fioriston et Jean Jagut.

— Un mousse n'est pas mon égal à moi, reprit le subtil Bancrot, pourquoi? — Parce qu'il est mousse et que je suis gabier, parce que d'un coup de poing, je l'assomme, si je veux, étant libre comme je te l'ai raconté; mais un maître, un officier, un amiral, c'est des hommes, je suis un homme; des citoyens, je suis un citoyen, une majesté, quoi! des républicains, je suis un républicain, — donc, nous sommes tous égaux, et par conséquence, je n'ai pas d'ordre à recevoir d'eux, sans ça ils seraient nos supérieurs ; ce qui leur est défendu par la consigne de la République...Comprends-tu, maintenant, Trouillard ?

— Si je comprends !... Je vas acheter des bretelles, et si le capitaine me défend de les porter, je lui dirai : Vous en portez bien, vous ! nous sommes tous libres, nous sommes égaux, je mets des bretelles, vu la consigne de la République.

— Il commence à mordre !...

— Tu n'es pas trop bouché, Trouillard !

— Citoyen gabier, dit maître Marius Barbejeu du haut de son comptoir, si vous voulez une paire de bretelles, j'en tiens.

Trouillard ayant acheté une paire de bretelles tricolores, Mina Turlutine, son corbillon à la main, s'approcha de la table où il se formait, comme on l'a vu, aux plus purs principes républicains.

— Pour ce qui est de la fraternité, reprit Bancrot, tu vas voir !...

A ces mots, le gabier du ci-devant *Diadème* passa un bras vigoureux autour de la taille de la citoyenne Turlutine, la pressa fraternellement sur son cœur et l'embrassa sur les deux joues. — En même temps, à la vérité, il mit 25 centimes dans le corbillon et offrit à la chanteuse un petit verre de liqueur qu'elle but très-fraternellement.

— Eh bien ! dit Trouillard convaincu, la fraternité

est encore ce qu'il y a de plus gentil. *Vive la République!*... Mais maintenant, les amis, que je sais la consigne : — la liberté, on s'amuse sans demander permission à personne ; l'égalité, on porte des bretelles à volonté ; la fraternité, on embrasse Mina Turlutine et on lui sert un petit verre de parfait amour ; comment c'est-il fait *la République?*

— Tiens! regarde!... répondit l'ingénieux Bancrot en montrant l'orchestre et le chœur, voilà comment est fabriqué ton Gouvernement. — La contrebasse, le trombone, la clarinette et la grosse caisse, voilà les ministres; les violons et le cornet à piston avec les cymbales, c'est aussi des ministres ; les chanteurs habillés en grenadiers, c'est encore des ministres; et les chanteuses, tout de même, sont ministres; et nous autres, qui sommes le peuple, nous les payons pour qu'ils nous amusent ; nous les régalons pour qu'ils jouent la musique ; et si nous ne sommes pas contents, au lieu de les payer et de les régaler, nous les fichons dehors à coups de tabourets—et puis on en fait venir d'autres... Voilà la République!

— Moi, je réclame pour Mina Turlutine, dit Trouillard, j'ai des idées sur la fraternité.

— Bon!... C'était tant seulement une supposition, répondit Bancrot. Ces grenadiers-là sont des bons enfants, des amis; si on voulait les toucher, je démolirais tous ceux qui s'avanceraient contre...

— Ou bien, on te démolirait, toi, avec eux, objecta Trouillard.

— Très-bien, dit du haut de son comptoir maître Marius Barbejeu, je vois, mon garçon, que vous n'avez plus rien à apprendre ; vous pouvez maintenant retourner à votre bord et enseigner la République à vos camarade de *la Baucis*.

Ce Marius Barbejeu qui vendait des bretelles, et régnait sur le café des Navigateurs, parla ainsi sans sourire ; — il avait navigué en l'an VII avec maître Michel, il avait servi depuis sous l'Empire, sous la Restauration et sous le Gouvernement de Juillet ; — il avait eu l'esprit de fonder un café florissant et le talent de vaincre les funestes effets de la concurrence ; — on m'a certifié qu'il était le plus profond des limonadiers et des philosophes du département du Var ; — après la grande parole que je viens d'enregistrer je n'en doute plus.

— Ma foi, ajouta Trouillard, qui se trouvait fort bien à table en face de ses amis du ci-devant *Diadème*, et qui lorgnait de plus en plus fraternellement la séduisante Mina Turlutine, j'aurais bien envie de ne pas rentrer à bord...

— Liberté, Égalité, Fraternité ! dirent en même temps les trois gabiers.

— Pourtant, si on me faisait passer au conseil pour

avoir quitté mon canot étant de service; si j'empoignais la cale ou des coups de corde!...

— Calme-toi, la cale et les coups de corde sont supprimés; la République les a remplacés par le cachot, mais il n'y a de cachot, ni à bord, ni à terre...

— Eh bien! je reste, le capitaine se débrouillera comme il pourra!...

Or, au café Américain, au café de la Victoire, au café Maritime, et chez Delaury, — les autres canotiers du capitaine de *la Baucis* avaient rencontré des camarades non moins éloquents que Bancrot, Fioriston et Jean Jagut, des petits verres non moins persuasifs que ceux du café des Navigateurs, des yeux de citoyennes non moins agaçants que ceux de Mina Turlutine...

Le canot de *la Baucis* demeura amarré au quai.

Le capitaine, après avoir vainement attendu ses rameurs, alla demander asile à *l'Hôtel de la Croix de Malte*, où un commis-voyageur lui apprit que la République, remplie de sollicitude pour l'avenir de ses marins, les enrégimentait à Paris.

— Considérant les dangers de la mer, les privations du bord, les chagrins de l'exil et les douleurs des mères de famille, la République décrétera certainement, disait encore le commis-voyageur, qu'elle ne reconnaît plus l'existence de l'Océan; un pont et un chemin de fer relieront le Midi avec l'Algérie; les vaisseaux seront supprimés et débités en bois de chauffage; quant aux colonies on les laissera aux nègres, en les faisant prier, par voie d'Angleterre, de ne pas faire la traite des blancs, et de renvoyer franc de port en France, ceux des colons survivants qui les embarrasseraient.

— Mais que ferons-nous de ces colons? demanda le capitaine.

— La République fondera pour eux un atelier national spécial où ils seront admis à fabriquer du sucre de betterave, du café de chicorée et du chocolat de pois chiches.

## II

### LE CAPITAINE DE LA BAUCIS.

Pour la facilité de mon récit, j'imposerai au capitaine de *la Baucis* l'ingénieux pseudonyme de Candide Pistolet. Sans frais de style, je fais ainsi d'une pierre trois coups; je le désigne, je le peins au moral, je le décris au physique.

Les matelots de son bord disaient pendant la campagne :

— Le malin n'est pas de lui tirer des carottes ; ce qu'on lui conte, il l'avale comme purée de vérité ; mais faut se méfier tout de même, vu que si par malheur il finit par avoir connaissance qu'on l'a flibusté, il fait feu sur vous des quatre pattes et de la queue ; n'y en a plus un si brutal. Il vous mitraille à coups de retranchements et punitions de toute sorte, — et notez bien que son lieutenant, ses officiers, son capitaine-d'armes, et maître Michel, le premier, ne manquent jamais de l'avertir qu'on lui envoie des couleurs comme ci comme ça...

Je ne parlerai pas du compte que le capitaine Candide Pistolet rendit de sa campagne et de son retour à Toulon, au préfet maritime du cinquième arrondissement.

Il me suffira de certifier que la visite officielle du commandant de *la Baucis* à l'autorité du port l'avait convenablement préparé à ne plus trouver de canotiers dans son canot, à être obligé d'aller coucher à l'auberge, et à goûter les discours du commis-voyageur Démocrasse.

— Ce que vous m'enseignez, citoyen, lui dit-il, me ravit d'admiration pour la République, mais pardonnez à un navigateur arrivant de Taïti de vous adresser encore quelques questions ?

— La fraternité m'ordonne de vous répondre, citoyen commandant.

— Vous supprimez les vaisseaux, reprit Candide, vous effacez la mer de la carte ; l'Océan est définitivement traité comme les Pyrénées par Louis XIV ; mais les poissons?...

— Le cas est prévu, reprit Démocrasse, nous avons aboli l'impôt du sel dans le but spécial de saler les rivières, afin que les turbots, les morues et les harengs n'eussent pas à se plaindre de notre barbarie...

— Cependant, objecta le capitaine de *la Baucis*, si les rivières sont salées, comment fera-t-on pour se procurer de l'eau douce?

— Le vin est affranchi, comme un nègre qu'il était, — c'est clair comme de l'eau ; nous avons supprimé l'exercice des contributions indirectes, et nos ateliers nationaux creusent des puits artésiens appelés aplanissements ou terrassements.

— A merveille! La République est profondément sage ; elle a tout calculé, tout arrangé en moins d'un mois!... C'est miraculeux!...

— Nous n'en sommes encore qu'au provisoire, repartit Démocrasse, ce n'est rien, nous désorganisons, et voilà tout! Laissez venir le définitif, le constitutif et l'exécutif, nous organiserons alors, vous en verrez bien d'autres...

Démocrasse, à ces mots, développa ses neuf cents systèmes d'organisation du progrès, du travail, de la société, de la législation, du remaniement de l'Europe et des autres parties du monde, de la régénération de l'espèce humaine, et des réformes anatomiques indispensables pour que l'égalité ne fût plus un vain mot.

— Chacun de nos neuf cents représentants, dit-il, devra s'adonner exclusivement à l'étude d'un de ces neuf cents projets, en neuf cents articles, de neuf cents paragraphes chaque, destinés à servir de base à notre impérissable Constitution.

Le capitaine de *la Baucis* l'écouta, sans l'interrompre, jusqu'à ce qu'il n'eût plus d'haleine, et finit par s'endormir tout habillé.

A sept heures du matin, Candide Pistolet s'éveilla brusquement en criant *aux armes!* Il rêvait que la cavalerie de la reine Pomaré venait attaquer sa corvette, échouée sur une montagne de sel, au milieu de l'Océan desséché par un décret de la République.

Ce rêve étrange lui arracha un sourire, il sortit, et alla tout d'abord à la recherche de son canot. — Son canot, abandonné à la garde de Dieu, était défoncé à tribord par le choc de quelque grosse chaloupe; à babord qui touchait au quai, le contre-coup avait occasionné des avaries non moins graves; les avirons et le gouvernail avaient probablement tenté quelque batelier; le mât et la voile avaient suivi la destinée des avirons :

— Ah ! les triples drôles ! s'écria le capitaine Candide Pistolet, ils me la payeront !... Me forcer à rester à terre ! exposer mon canot aux abordages de toutes les barquettes ; laisser voler mes avirons !... Je les punirai !... je les ferai passer au Conseil !...

Pendant deux heures entières il se promena de long en large entre la Patache et la Consigne, sans apercevoir aucun de ses canotiers. Il s'était croisé les bras sur sa poitrine qu'une colère véhémente faisait bondir.

A neuf heures, Trouillard sortit du café des Navigateurs, appuyé sur l'épaule fraternelle de Bancrot, qui s'appuyait de même sur Fioriston, que Jean Jagut soutenait ; Mina Turlutine était suspendue à l'autre bras de Trouillard.

— Ah ! diantre !... s'écria le canotier de *la Baucis* reconnaissant son capitaine, je suis cuit !... Pas moyen de lui filer une gausse, il voit la couleur et mes bretelles.

Trouillard dormait encore à demi, Trouillard avait mangé la consigne de la République.

— Imbécile ! lui dit Bancrot, liberté !

— Bêtard ! dit Fioriston, égalité !

— Sauvage ! ajouta Jean Jagut.

— ..... Fraternité ! se hâta de reprendre Trouillard qui s'éveillait et pinçait galamment le bras potelé de Mina Turlutine.

— Pardonnez-lui, citoyens, dit-elle d'une voix flûtée, il arrive de Taïti !... Quand il serait encore un peu sauvage, il est excusable... A sa place je serais peut-être bien sauvagesse !...

— Possible, dit Bancrot, quoique tout de même ce soit difficile à croire...

Le capitaine Candide Pistolet roulait des yeux menaçants ; il éprouvait un vague désir de se ruer comme une trombe au milieu de ce groupe impertinent et trop facétieux.

Par la rue Neuve, par les quais, débouchèrent alors le patron et les autres canotiers de *la Baucis*.

— Tiens ! le capitaine qui nous attend, dit l'un d'eux, c'est farce !...

— Bon ! reprit un autre, nous l'avons bien attendu assez souvent !

— Liberté, égalité, ça m'est égal, le capitaine a toujours été juste et bon enfant, quoique un peu rageur ! dit un troisième, — c'était le patron du canot. — Rageur, c'est son tempérament, bon enfant et juste, c'est sa mode, il a mon estime républicaine. S'il veut venir à bord, je lui offre passage dans ma barquette de louage.

— Que dis-tu donc, toi ? demanda Trouillard,

nous pouvons bien armer notre canot, m'est avis!

— Sans avirons! sans mât! sans voile! quand la coque est défoncée tribord et babord!... Trouillard, tu n'as plus d'yeux que pour Mina Turlutine...

— C'est la consigne! dit la séduisante chanteuse d'un ton qui fit tressaillir l'heureux Trouillard.

Le capitaine Candide Pistolet s'était d'abord avancé au pas dramatique, la main sur son sabre, avec la ferme résolution de conduire ses canotiers au corps de garde, et ensuite de les faire mettre en prison; mais il se sentit touché par les éloges que son patron lui décernait.

— Salut et fraternité, citoyen commandant, lui dit tout à coup ce dernier sans le moindre embarras; on nous a volé nos avirons cette nuit; si jamais je sais qui, je vous réponds qu'ils passeront un mauvais quart-d'heure...

— Très-bien! interrompit sévèrement Candide Pistolet, — sa mauvaise humeur le reprenait de plus belle; — il ne s'agit point encore de cela!... Pourquoi n'y avait-il pas d'hommes de garde à m'attendre hier soir?... Que signifie votre conduite à vous tous?... Je suis très-mécontent!... Pourquoi ne vous trouviez-vous point à votre poste à dix heures, conformément à mes ordres?

Les canotiers se mirent à rire avec un accord fraternel; mais le patron, gaillard herculéen qui eût assommé un bœuf d'un coup de poing, leur imposa silence :

— Taisez-vous! tas de bédouins! ou je vous déralingue!... Je suis votre patron, entendez-vous?

Puis, d'un ton familier : — C'est la République, citoyen capitaine, poursuivit-il en souriant ; ces enfants voulaient s'amuser ; si j'avais su où vous trouver, parole d'honneur, je serais allé vous prévenir pour vous empêcher de droguer par ici. Bah ! n'en parlons plus, n, i, ni, fini! — Ce matin, nous resterions bien à terre, mais on ne nous a pas encore payé le décompte; dam! sans argent, pas de fraternité! J'ai retenu un bateau de passage, si vous voulez venir avec nous, vous payerez; nous irons tous ensemble à bord causer avec les amis!...

— Patron, tu parles bien tout de même! s'écria Trouillard, j'ai tout à fait besoin d'aller à bord, allons!

A ces mots, il embrassa Mina Turlutine en lui disant au revoir, serra la main de Bancrot, de Floriston et de Jean Jagut du ci-devant *Diadème*, et sauta dans la barquette. — Le capitaine venait d'accepter la proposition de son patron, qui eut la politesse de lui céder la place d'honneur. — On poussa.

Quant au canot de *la Baucis*, des témoins dignes de foi ont affirmé que les gardes nationaux du poste voisin, remarquant qu'il était abandonné et à moitié brisé, l'utilisèrent dans leur poêle, une nuit que le mistral soufflait.

Le capitaine Candide Pistolet commençait à comprendre toute la portée d'une parole du préfet maritime, omise à dessein ci-dessus, car elle trouve ici sa place nécessaire :

« Je me plais à croire, commandant, que vous êtes
» chéri de vos subalternes, et je vous en félicite ;
» ménagez-vous par tous les moyens leurs sympa-
» thies fraternelles ; la République est un gouverne-
» ment d'amour. »

En arrivant à son bord, le capitaine Candide Pistolet fut fort étonné du spectacle qui frappa ses yeux.

D'un côté du grand mât, les officiers, les maîtres, et entr'autres maître Michel, et une trentaine de matelots armés jusqu'aux dents, étaient rassemblés sous les ordres du lieutenant en pied.

De l'autre côté, des groupes tumultueux s'apprêtaient à la révolte.

Plus loin, sur l'avant du mât de misaine, des indifférents fumaient la pipe et regardaient.

Le lieutenant prétendait faire larguer les voiles mouillées et qui avaient besoin de prendre l'air.

— Ah ! c'est comme ça ! criaient les enragés, eh bien ! larguez-les vous-mêmes !... Vous en êtes libres ! nous sommes tous égaux !... Je veux que le lieutenant aille à l'empointure !... Voilà mon idée!

— Tas de coquins! à vos postes de manœuvre! ou je vous fais mettre en joue!...

— Démarrons les canons contre le lieutenant! Vive l'égalité!

Les canons ne furent pas démarrés, attendu que le capitaine Candide Pistolet, son patron et ses canotiers, se montraient à la coupée du navire, ce qui fut un coup de théâtre pour les indifférents occupés à fumer leur pipe.

Candide Pistolet paya les bateliers, étendit la main et demanda le silence :

— « Mes chers frères, dit-il, la paix et la concorde vous sont particulièrement recommandées; je vois ce qu'il y a, laissez-moi faire... La République est un Gouvernement d'amour. Que ceux qui sont d'avis de larguer les voiles lèvent la main ! »

Tout l'équipage, enchanté de la bonne grâce du capitaine Candide Pistolet, leva la main, à l'exception toutefois du lieutenant et de Michel, le maître d'équipage.

— Eh bien ! continua le capitaine, en haut les gens de bonne volonté !... Au plus tôt paré, larguons les voiles !...

Les fidèles, les enragés, les indifférents fumant toujours la pipe, et les canotiers qui revenaient de terre, s'élancèrent à l'envi dans les haubans.

Des citoyens ou des citoyennes du port de Toulon s'étaient introduits à bord de *la Baucis*, pendant que le capitaine Candide Pistolet rendait visite au préfet maritime.

Et ceci fut l'objet du rapport du lieutenant.

— Une maudite marchande de fruits que j'ai laissé monter ici, hier soir, dit-il, a révolutionné tout le bord... Personne n'a plus voulu faire le quart; ce matin le pont n'a pas été lavé, les cuivres ne sont pas fourbis... la discipline est perdue... Je vois, d'après votre entrée à bord, capitaine, qu'il faut en prendre son parti; pourtant, s'il y avait moyen de se faire un peu mieux obéir...

— Lieutenant, vous n'avez pas tout à fait tort; pour rétablir l'ordre, tout à l'heure, j'ai agi d'inspiration; en temps ordinaire, je leur aurais fendu la tête ou brûlé la cervelle, mais j'ai une idée... je vais aller à bord du vaisseau le *Ci-devant Diadème*, pour consulter l'amiral et voir comment il s'en tire. A mon retour nous aviserons!

— Pardon, mon capitaine, dit maître Michel, qui avait tout entendu; m'est avis à moi qu'il ne faut pas caler comme ça; — et si vous me permettez de prendre un bout de corde au fur et à mesure qu'ils descendront de larguer les voiles, je vas vous les mettre à la raison l'un après l'autre...

— Maître Michel, répondit le capitaine Candide

Pistolet, vous n'entendez rien à la République.

— Doucement, capitaine, je suis un vieux, j'ai servi en l'an VII, à preuve qu'on ne m'a jamais payé mon décompte de cette maudite fichue année ; — les matelots, en ce temps-là, faisaient aussi leur tête, mais on n'a jamais usé tant de filin à leur apprendre la sagesse...

— Mon brave Michel, vous n'y entendez rien, je vous le répète, les Républiques se suivent et ne se ressemblent pas.

En ce moment, les voiles ayant été mises au sec tant bien que mal, le capitaine fit à haute voix cette question :

— Qui veut armer la chaloupe pour me mener à bord du *Ci-devant Diadème?*

— Moi !... moi !... moi !... s'écria-t-on de tous côtés.

Les gens de bonne volonté se battirent un peu les uns les autres à qui irait; les plus forts se rangèrent sur les avirons; Candide Pistolet s'assit à l'arrière, et cinq minutes après, il accosta le long du vaisseau amiral.

En approchant, des chants peu harmonieux, mais fort gais, frappèrent ses oreilles :

— Au moins, dit-il, on ne boxe pas!... L'amiral Badin entend son métier. Je vais prendre une leçon de commandement républicain.

Aucun timonnier, aucun factionnaire n'ayant annoncé à l'intérieur du vaisseau l'arrivée de la chaloupe de *la Baucis*, Candide Pistolet entra à bord sans sifflet ni salut militaire.

— Ces honneurs aristocratiques sont supprimés, pensa-t-il, c'est logique!...

Sur le fronton de dunette, à la place des mots : *Honneur et patrie*, vieille devise de nos vaisseaux, il lut la devise nouvelle : *Liberté, égalité, fraternité.*

— C'est naturel! se dit-il encore.

Une ronde immense de marins de tous grades tourbillonnait sur le gaillard d'arrière, et l'amiral Badin, en personne, chantait la chanson dont le refrain était répété par six ou sept cents danseurs et danseuses. Dans le nombre se trouvaient Bancrot, Fioriston, Jean Jagut et Mina Turlutine.

— C'est magnifique! s'écria le capitaine Candide Pistolet éperdu d'admiration.

## III

### L'AMIRAL BADIN.

Il serait bien difficile de décrire l'enthousiasme du capitaine de *la Baucis,* quand il vit l'amiral Badin en personne conduisant la farandole de ses matelots et de leurs invités :

— Que c'est beau ! quel tableau fraternel ! répétait-il en se mouchant, car ses pleurs inondaient ses deux narines.

Son émotion légitime se modéra pourtant par degrés, il put tomber silencieusement en extase, et entendre l'amiral qui d'une voix chevrotante continuait ainsi :

On met des bretelles
Sans désagrément,
Indifféremment,
On reçoit ses belles
Fraternellement !

Et l'équipage répondait :

Et allons à Lorient
Pêcher le hareng !

A la vue de Candide Pistolet, l'amiral s'interrompit :

— Mes bons amis, demanda-t-il humblement, voulez-vous bien me permettre d'aller fraterniser avec un ancien camarade....

— Voyons voir ! qui est-ce que c'est ?

— Un bon garçon, fit Trouillard ; l'amiral s'enroue, j'entre dans la danse avec Mina Turlutine ; laissez-moi dire !

Grâce à l'intervention de Trouillard, le vieil amiral tout essoufflé, courbaturé, époumonné, rendu, put se soustraire à son abominable corvée de chanteur.

Peu d'instants après, il exposait confidentiellement à Candide Pistolet sa triste situation :

— Je suis obligé d'avoir chaque jour cinquante matelots à ma table ; ils dévorent mes volailles, boivent mon vin et se moquent de moi.

— Diable ! fit le capitaine Candide Pistolet.

— En revanche, ils ont la prétention de me rendre politesses pour politesses, et de temps en temps, il faut que j'aille manger des haricots à la gamelle !

— Tonnerre ! s'écria Candide Pistolet.

— Vous paraissez indigné ? dit l'amiral Badin.

— Vive la liberté! repartit le capitaine de *la Baucis*, je jure de me révolter contre mon équipage, et de gré ou de force de vous affranchir, mon cher amiral, car il ne doit plus y avoir d'esclaves, et je m'aperçois que ces drôles nous traitent comme des nègres !

. . . . . . . . . . . . . . . . .

# IV

## RÉVOLTE DU CAPITAINE CONTRE SON ÉQUIPAGE.

Quand les matelots de *la Baucis* furent tous endormis du sommeil des ivrognes, le capitaine, jaloux de tenir son serment, alla les lier l'un après l'autre chacun dans son hamac. Pour cette opération, maître Michel, le lieutenant chargé du détail, deux ou trois officiers et autant de sous-officiers le secondèrent avec un zèle au-dessus de tout éloge.

Sabre au côté, pistolets à la ceinture, les révoltés attendirent ensuite le lever du soleil.

— J'ai soif !... s'écria dès le point du jour et d'une seule voix l'équipage tout entier.

— C'est bien fait pour vous, tas de chenapans, de tyrans et de sacs à vin ! s'écria le capitaine, mais, soyez tranquilles, despotes farouches, vous boirez !... Et vous vous dégriserez, j'en réponds ! Tous les robinets de la cale sont ouverts. *La Baucis* ne tardera pas à couler; et nous serons libres, égaux et frères dans la grande tasse !... Entendez-vous ce bruit sourd ?

— Grâce, capitaine !... Ne plaisantez pas de même !...

— Préférez-vous sauter.. ? je mets le feu aux poudres...

— Pardon, capitaine, nous serons sages comme des poupées de cire !...

— Ce n'est pas assez ! je veux vous camper une leçon de civisme, moi ! Ah ! vous croyez qu'on vous paye et qu'on vous nourrit pour refuser le service. C'est là ce que vous appelez *la république à bord*... Nous allons danser, mes petits !...

Allons à Bellisle
Pêcher la sardine !

— Capitaine ! vous avez raison ! nous vous obéirons ! nous ferons tous ce que vous commanderez !... Faites fermer les robinets, miséricorde !

— Turlututu ! répondit Candide Pistolet devenu défiant. Quand vous seriez déficelés et désaltérés, vous recommenceriez vos farces. *La Baucis* ferait le tome II du *ci-devant Diadème ;* vous me forceriez à vous jouer de la musette ou du hautbois. Non ! non !... Plutôt la mort que l'esclavage, mes chers concitoyens.

Nous coulerons ensemble, c'est plus simple ; ça tranche toutes les difficultés.

Par la bouche des robinets, l'eau de mer entrait abondamment dans la cale ; Candide Pistolet fumait tranquillement son dernier cigare.

— Mes amis, dit-il au lieutenant, à maître Michel et aux autres révoltés, vous pouvez armer un canot et vous rendre à terre. Quant à moi, conformément aux vieilles ordonnances, je n'abandonnerai pas mon bord. Je me noierai avec ces ivrognes. Vive la liberté !

. . . . . . . . . . . . . . . . . . . . . . . . . . . . . . . . . . . . . . . . . . . . . . . . . . . . . . . . . . . .

Sur cette situation lamentable, tragique et bien faite pour donner à réfléchir, l'estimable Jean-Baptiste Lavertu a interrompu son véridique récit.

C'est dommage !

Heureusement une courte note nous apprend comment il comptait le terminer.

## V

### NOTE HISTORIQUE

Touché par les lamentations et assourdi par les hurlements de ses matelots transfilés, Candide Pistolet consentit enfin à les laisser se précipiter sur les pompes.

L'ordre le plus parfait ne tarda point à régner à son bord. Les robinets furent fermés. Tous les rats de cale et même quelques chats se noyèrent; mais l'intérieur de *la Baucis* n'avait jamais été plus propre.

Les matelots de la corvette entrèrent tous, immédiatement après, dans le complot dont Candide Pistolet se déclarait chef supérieur. Ils l'aidèrent à traiter tous les équipages de la flotte comme ils avaient été traités eux-mêmes.

L'amiral Badin fut affranchi; son autorité fut rétablie; Mina Turlutino et ses compagnes étaient irrévocablement expulsées; les séditieuses bretelles n'osèrent plus reparaître sous les yeux vigilants des capitaines-d'armes.

Un nombre indéterminé de mois s'écoula ensuite, jusqu'à temps que l'armée navale, où la plus parfaite discipline était rétablie, allât coopérer à la prise de Sébastopol.

Pour cette mémorable campagne, le citoyen Démocrasse s'embarqua sur la frégate l'*Introuvable*, où il remplissait les fonctions de tonnelier sous les ordres de M. Muscat, devenu si célèbre depuis la publication du poëme : *les Mystères de la cambuse.*

FIN

# TABLE DES MATIERES

BIBLIOTHÈQUE IMPÉRIALE



Imprimerie de L. TOINON et Cie, à Saint-Germain en Laye.

EXTRAIT DU CATALOGUE DE LA LIBRAIRIE P. BRUNET, ÉDITEUR

31, RUE BONAPARTE, 31

---

LES

# DRAMES DE L'AMÉRIQUE

DEVANT FORMER UNE COLLECTION DE 18 JOLIS VOLUMES
GRAND IN-18, A 2 FR. LE VOLUME

RICHE COUVERTURE ILLUSTRÉE EN COULEURS

**La Sirène de l'Enfer — L'Ange des Prairies — Les Écumeurs de Mer — David Crockett : le Marquis de Crac du Nouveau-Monde
Le chef des Ottawas
La Fille du pionnier — La Ceinture d'or — Le Trappeur Bil-Biddon — La tribu des Sioux —
La fiancée du Squatter — Blanc et Rouge
L'aventurier Kil-Karson — Le Chasseur du Kentucky
Les fils de l'Oncle Tom — Les captives
L'Oncle Ézéchiel
L'enfant d'adoption — Les fantômes du désert**

---

TROIS ANS

# D'ESCLAVAGE

CHEZ LES PATAGONS

**RÉCIT DE MA CAPTIVITÉ**

PAR A. GUINNARD

Un volume avec carte. — Prix. . . . . 3 fr. 50

---

# LE GRAND VENEUR

Par A. AUFAUVRE

Un volume. — Prix. . . . 3 fr. 50 c.

(EN PRÉPARATION.)

SÉRIE A 2 FR. 50 C. LE VOLUME

LES

# BOHÈMES DU DRAPEAU

**Types de l'armée d'Afrique,**

Par Antoine CAMUS

*ZÉPHIRS, TURCOS, SPAHIS, TRINGLOS*

Vignettes par J. DUVAUX. — 2e édition, 1 vol.

---

# JÉROME LE TROMPETTE

ÉPISODE DE LA GUERRE DE CATALOGNE (1810)

**PAR L. DE BEAUREPAIRE.** — 1 vol.

---

# MANJO LE GUERILLERO

(SUITE DE JÉROME LE TROMPETTE.)

Par le même. — 1 vol.

---

LES

# SALONS D'AUTREFOIS

**Souvenirs intimes**

PAR MADAME LA COMTESSE DE BASSANVILLE

Préface M. de Louis Énault

PREMIÈRE SÉRIE

**MADAME LA PRINCESSE DE VAUDEMONT-ISABEY**
**MADAME LA COMTESSE DE RUMFORT**
**MONSIEUR DE BOURRIENNE**

Un volume

DEUXIÈME SÉRIE

**LA PRINCESSE BAGRATION — LA COMTESSE MERLIN**
**MADAME DE MIRBEL — MADAME CAMPAN**

Un volume

TROISIÈME SÉRIE

**CASIMIR DELAVIGNE — LA MARQUISE D'OSMOND**
**KALKBRENNER — LA DUCHESSE DE LAVIANO**

Un volume

## CE QU'IL EN COUTE POUR VIVRE

ROMAN DE MOEURS CONTEMPORAINES

**Par BERLIOZ D'AURIAC. — 1 vol.**

---

RECITS

## DES LANDES ET DES GRÈVES

**Par Théodore PAVIE**

Un volume

---

## UN VOYAGE A PÉKIN

SOUVENIRS DE L'EXPÉDITION DE CHINE (1860-61)

**PAR G. DE KEROULLÉE**

Attaché à l'ambassade extraordinaire de France en Chine (1860-61). — Un volume

---

## QUAND LES POMMIERS

**SONT EN FLEUR**

**Nouvelles et Fantaisies, par Bathild BOUNIOL**

Un volume

---

## LA BRETAGNE

PAYSAGES ET RÉCITS, PAR EUGÈNE LOUDUN

Un volume

---

## UN VOYAGE A NAPLES

**SCENES DE LA VIE NAPOLITAINE**

PAR MADAME LA COMTESSE DE BASSANVILLE. — 1 VOLUME

---

LA

## NOBLESSE DE NOS JOURS

Par A. GOUET. — 1 volume

(EN PRÉPARATION)

---

## L'HOMME D'ARGENT

PAR LE MÊME. — 1 VOLUME

**LE BIVOUAC DES TRAPPEURS**

PAR BÉNÉDICT-HENRY RÉVOIL. — 1 vol.

**JEAN-LE-SEPTEMBRISEUR**

HISTOIRE DE CHAUFFEURS (1797)

Par A. AUFAUVRE. — 1 volume

(EN PRÉPARATION)

**L'HONNEUR DE LA FAMILLE**

Par MOLÉRI. — (EN PRÉPARATION)

**CAIN ET Cie**

ROMAN DE MOEURS, PAR BERLIOZ D'AURIAC. — 1 VOL.

(EN PRÉPARATION)

**LE ROI DE RATONNEAU**

Par le même. — (EN PRÉPARATION)

**LA LÉGION ÉTRANGÈRE**

DEUXIÈME SÉRIE

DES BOHÈMES DU DRAPEAU

Par Antoine CAMUS. — 1 volume

(EN PRÉPARATION)

**MAISON A LOUER**

Par Charles DICKENS

CONTES ÉNIGMATIQUES, PAR HAWTHORNE

Traduits par Bénédict-Henry REVOIL. — 1 volume.

**LES 3 FIANCÉES**

Par Emmanuel Gonzalès. — 1 volume

**LA BOURGEOISE D'ANVERS**

Par Constant GUÉROULT

(EN PRÉPARATION)

## LA PUPILLE DU DOCTEUR
Par G. D'ÉTHAMPES. — 1 volume

## LA CHAMBRE ROUGE
Par Madame la Comtesse de BASSANVILLE. — 1 volume

SÉRIE A 2 FRANCS LE VOLUME

## LES MASQUES NOIRS
DRAMES ET NOUVELLES
Par Amédée AUFAUVRE. — 1 volume

## LES ENFANTS DE LA NEIGE
Par le même. — 1 volume

## LE FIL DE LA VIERGE
Par le même. — 1 volume

## LES MYSTÈRES D'UN MÉNAGE
PAR LE MÊME. (EN PRÉPARATION)

## CŒURS DE FEMMES
PAR ÉMILE RICHEBOURG. — 1 VOL.

## LES AMOURS A COUPS D'ÉPÉE
PAR GOURDON DE GENOUILLAC
(EN PRÉPARATION)

## OTTO GARTNER
ROMAN INTIME, PAR MARIN DE LIVONNIÈRE. — 1 VOL.

## LA CHAMBRE DES OMBRES
PAR LE MÊME. — 1 VOL. — (EN PRÉPARATION)

## UN PHILOSOPHE
PAR LE MÊME. — 1 VOL. — (EN PRÉPARATION)

## UN GENTILHOMM ECATHOLIQUE

ROMAN DE MOEURS CONTEMPORAINES

Par Ch. D'HÉRICAULT. — 1 VOLUME

## LE MOUTON ENRAGÉ

Par G. DE LA LANDELLE. — 1 vol.

## LES QUARTS DE NUIT

Contes et Récits d'un Navigateur

PAR LE MÊME. — 1 VOL.

## LES NOUVEAUX QUARTS DE NUIT

PAR LE MÊME. — (EN PRÉPARATION)

---

SÉRIE A 1 FRANC LE VOLUME

## LA FRÉGATE L'INTROUVABLE

(101me Maritime)

Par G. DE LA LANDELLE. — 1 volume

## LES COUSINES DE LINTROUVABLE

PAR LE MÊME. — 1 VOL.

## VOYAGE AUTOUR DE LA CHAMBRÉE

Zigzags militaires, par un Troupier. — 1 vol.

(EN PRÉPARATION)

## SOUVENIRS D'UNE VIEILLE CULOTTE DE PEAU

LES ÉTAPES DU PÈRE LA RAMÉE

Un volume

## LE MÉTIER DE SOLDAT

(EN PRÉPARATION)

IMPRIMERIE DE L. TOINON ET COMP. — A SAINT-GERMAIN.

## CHEZ LE MÊME ÉDITEUR

**TROIS ANS D'ESCLAVAGE CHEZ LES PATAGONS**
*Récit de ma captivité*, par A. Guinnard, 1 volume. — 3 fr. 50 c.

SÉRIE A 2 FR. 50 LE VOLUME

Les trois Fiancées, par E. Gonzalès ... 1 vol.
La Noblesse de nos jours, par A. Gonzalès ... 1 vol.
L'Homme d'argent, par le même ... 1 vol.
Le Bivouac des Trappeurs, par H.-B. Révoil ... 1 vol.
Maison à louer, par Ch. Dickens, trad. par H.-B. Révoil. 1 vol.
La Pupille du Docteur, par G. d'Ethampes ... 1 vol.
Jérome le Trompette, par L. de Beaurepaire ... 1 vol.
Manjo le Guerillero (suite de *Jérôme*), par le même ... 1 vol.
Les Bohèmes du Drapeau, par Antoine Camus, 2e édit. ... 1 vol.
La Chambre rouge, par Mme la comtesse de Bassanville ... 1 vol.
Les Salons d'autrefois, 1re série, par la même ... 1 vol
Idem. 2e série. 1 vol.
Idem. 3e série. 1 vol.
Un Voyage a Naples, par la même ... 1 vol.
Ce qu'il en coute pour vivre, par Berlioz d'Auriac ... 1 vol.
Récits des Landes et des Grèves, par Théod. Pavie. 1 vol.
Un Voyage a Pékin (Souvenirs de l'expédition de Chine), par G. de Kéroulée. 1 vol.
La Bretagne, paysages et récits, par Eugène Loudun... 1 vol.
Quand les pommiers sont en fleur, par B. Bouniol ... 1 vol.

POUR PARAITRE PROCHAINEMENT :

La Bourgeoise d'Anvers, par Constant Guéroult.
Jean le Septembriseur, par Amédée Aufauvre.
Les Mystères d'un Ménage, p. le même.
La Légion étrangère. Deuxième série des *Bohèmes du Drapeau*, par A. Camus.
Caïn et Cie, par Berlioz d'Auriac.
Le Roi de Ratonneau, par le même.

SÉRIE A 2 FR. LE VOLUME

Le Fil de la Vierge, par Amédée Aufauvre ... 1 vol.
Coeurs de Femmes, par E. Richebourg ... 1 vol.
Le Mouton enragé, par G. de la Landelle ... 1 vol.
Un Gentilhomme catholique, par C. d'Héricault ... 1 vol.
Les Masques noirs, par Amédée Aufauvre ... 1 vol.
Les Enfants de la Neige, par le même ... 1 vol.
Otto Gartner, par Marin de Livonnière ... 1 vol.
Les Quarts de nuit, nouvelle éd., par G. de la Landelle... 1 vol.

POUR PARAITRE PROCHAINEMENT :

Les Amours a coups d'épée, par Gourdon de Genouillac.
Le Spectre de la maison de Bourbon, par le vicomte de Poli.
Nouveaux quarts de nuit, par G. de la Landelle.
Prédestinée, par L. Dépret.
La Chambre des Ombres, par Marin de Livonnière.
Un Philosophe, par le même.

SÉRIE A 1 FR. LE VOLUME

La Frégate l'Introuvable (101e maritime), par G. de la Landelle. ... 1 vol.
Les Cousines de l'Introuvable, par le même ... 1 vol.

SOUVENIRS D'UNE VIEILLE CULOTTE DE PEAU

Les Etapes du Père la Ramée ... 1 vol.

EN PRÉPARATION

Voyage autour de la Chambrée. — Zigzags militaires, par un Troupier.

POUR PARAITRE INCESSAMMENT :

## LES DRAMES DE L'AMÉRIQUE

Devant former une collection de 18 jolis vol. grand in 18, se vendant séparément 2 fr. le volume. — Riche couverture illustrée en couleurs.

*La Sirène de l'Enfer. — L'Ange des Prairies. — Les Ecumeurs de Mer. — David Crockett : le Marquis de Crac du Nouveau Monde. — Le Chef des Ottawas. — La Fille du pionnier. — La Ceinture d'Or. — Le Trappeur Bill-Bidon. — La Tribu des Sioux. — La Fiancée du Squatter. — Blanc et rouge. — L'Aventurier Kit-Karson. — Le Chasseur du Kentucky. — Les Fils de l'oncle Tom. — Les Captives. — L'Oncle Ezéchiel. — L'Enfant d'adoption. — Les Fantômes du Désert.*

Imprimerie L. Toinon et Ce, à Saint-Germain.

www.ingramcontent.com/pod-product-compliance
Lightning Source LLC
LaVergne TN
LVHW012008220826
846092LV00001B/282